kill 10 er
殺手
流淚繽紛的的奇蹟

阿樂，燕子，鬼子，象山小子，領銜主演。

九把刀Giddens:編導

CABINET鬼子公約

一、絕對不能讓殺手知道鬼子的眞實身分。

二、任務結束後，任務結束後，鬼子必須停止任何對殺手所做的追蹤。

三、掉在地上的東西不能撿起來吃，弄丟的東西不可以回去找。

四、絕不使用集點卡。任何，集點卡。

醫生

1

每個故事都有一段曲折離奇的發展，跟一個一如往常的開始。

不過我的一如往常，是大家的三倍，因為我的媽媽正是大家的三倍。

能夠擁有一般人三倍量的媽媽，當然是我爸爸的功勞。我老爸是一個瞎子，本來在一間傳統盲人按摩店工作，有天老闆倒債，店被混混砸爛以後，他就在大賣場的地下美食街租了一個角落，幹起了二十分鐘簡易推拿的活，賺得還比以前多。

我大媽在大賣場一進去就可以看到的萬年清倉特賣會賣蠶絲被，二媽是大賣場裡靠手扶梯的飾品店賣能量水晶跟開運印章，三媽在大賣場結帳出口賣號稱不加杏仁精但其實有偷加的杏仁茶。當然都是同一個大賣場，方便夫妻四人彼此照顧。

雖然你沒問，但我還是要說，其實我不知道自己是哪一個媽媽生的，從外表也分不出來，因為我三個媽媽都長得很醜，醜到一種程度以後就會開始長得像，而我，長得完全像我爸，我爸是瞎子界裡的金城武，雖然被我三個媽媽的醜基因洗掉了一半，但我身上的基因還保有金城武被火車撞過的一絲神采。

基因會變，時代會變，人的購買行為也一直變來變去。

這十幾年來除了便利商店，街上其他的小商店倒太多了，連買電風扇買冰箱，大家漸漸不會去街角專門的電器行挑，你會去大賣場。你要買一大堆牛羊豬雞蝦蟹，也漸漸不會去傳統市場，大賣場有很方便的冷凍真空包裝。很多東西只要去一次大賣場都可以一次搞定。

有好幾年都是大賣場的時代，但時代變了，現在很多年輕人只在網路上買東西，連衛生紙蔬菜魚蛋都在網路上買，還直接宅配到家，如果網路費不調漲一百倍的話，過幾年大賣場就會接著倒光。

我老爸眼瞎心不瞎。

我念國中的第一年，他在年夜飯過後的麻將桌上，發表了人生中最重要的預言。

「兒子，全世界只有一種生意不可能在大賣場或網路上買到，那就是醫生。」

「所以兒子，你以後一定要當醫生，當醫生不會倒！」大媽拍拍我。

「那不就好棒棒。」我幫我爸看牌。

「要當醫生，就不要去醫院上班領死薪水，自己開診所比較賺錢！」二媽提點我。

「啊不就好強。」我幫我爸摸牌。

「不要擔心，爸爸媽媽有在存錢！等你醫學院一畢業，我們就差不多存到可以開一間診所的錢！」三媽鼓舞我。

「唉呦我好怕喔！我快嚇死囉！」我幫我爸打牌。

「胡！」大媽大笑。

「胡！」二媽大吼。

「胡！」三媽大叫。

太棒了，我幫我爸放槍，一砲三響。

接下來大媽二媽三媽就在牌桌上，開始討論開一間診所到底需要存多少錢，開在哪個地段好，開哪個科別可以賺最多錢最沒有醫療糾紛。

我都好，我隨便，我本來就沒有一定要做什麼才高興，既然我當醫生大家都開心，我就應付應付試試看。

結果我的智商真的只夠試試看，三年後連一間稍微好一點的高中都不夠上。

大媽卻很高興地拉著我的手說：「別急，你高中考太好的話媽媽才擔心咧！有句話叫小時雖小，大未必佳！你這個叫……雞養肥了再宰！很好！」

「好你媽，叫大雞慢啼。」我擦乾眼淚：「而且不是小時雖小，是小時了了。」

「先蹲後跳啦！跟你爸一樣！」二媽火速補上我從小聽到大的勵志故事。

是說我爸眼睛好好的那幾年，綽號叫「阿廢」，雖然長得像金城武，但金城武沒錢也是魯，一個女朋友都沒交過，學歷不好只能做一些低薪低技術的臨時工，是個徹底的大魯蛇。後來眼睛在油漆工廠被化學藥劑噴到後瞎了，反而學會了按摩技術，在按摩店不只存到了一筆小錢，還在店裡把到了三個被他按爽爽的客人，也就是我的大中小三個媽媽。

冷靜，別急著燒書。

這不是一個溫馨的家庭故事，再等一下下就會看到殺手了。

我唯一考上的那間高中真的很爛，最好別提校名以免引戰，從我家到學校，搭公車二十七分鐘、轉捷運二十五分鐘、再走路八分鐘，正好一小時，如果加上等公車等捷運轉車的時間就不止了，最務實的三媽直接幫我租了一間離學校只隔了一個紅綠燈的小雅房，叫我好好專心讀書，這次考大學就不需要再保留實力了。

我租的房子是天台上的頂樓加蓋，公共廁所兼浴室就在沒有被加蓋到的天台邊，廁所外面有一台投幣式的老舊洗衣機，晾衣服很方便，有四根細長的曬衣竿，還有免費的生鏽衣架可以用，大約七支。雅房，就是沒有自己浴室廁所的小房間，月租五千，優點是有自己的窗戶，缺點是夏天很熱，沒辦法屋頂就是一層石棉瓦加鐵皮嘛。

房東是一個大約五十歲的大叔，肚子比我爸爸小，但還是很大，房東習慣把鼻屎黏在牆壁上、床板邊、書桌下面、馬桶旁衛生紙架上、椅子腳邊甚至是冰箱的門把上，幸好我也一樣。

三媽搭計程車跟我一起來，幫我把衣服掛起來，鋪好床，抱了我又親了我一下才走。臨走前還塞了兩千塊給我，叫我不要擔心家裡，週末沒補習的話再回家吃個飯，喔耶！

「哇靠，你媽媽長得好醜。」房東看著我三媽上計程車，才忍不住說出口。

「我另外兩個媽媽更醜。」我補刀。

「什麼！你還有兩個媽媽！」

「嗯，我爸瞎了，什麼都肯幹。」

「那你是哪個媽媽生的？」

「這問題從小到大我問了一百多遍，他死都不肯跟我說，說知道了只會讓我對其中一個媽媽特別偏心，這樣另外兩個媽媽就會很傷心，他就跟著很倒楣。」

「幹你爸不只性能力超強，還特有智慧。」房東嘖嘖。

「的確，我就是我爸爸智慧的結晶。」事到如今我只能承認。

「對了，你媽剛剛跟我說你叫什麼名字的時候我沒在聽，因為你媽實在是太醜了，我連眼睛都睜不開。」

「你更醜。」

「也不能這麼說，這要看你從哪個角度看啦。跟我說你叫什麼？」

「大家都叫我象山下智久。」

「象山什麼久，抄一下筆記，去公共廁所時，牙膏洗髮精肥皂衛生紙都要自己用自己的，不要搞得其他房客不爽，其他啊，住在這裡只要按時繳房租，你就是好房客，我就是好房東，成交？」房東拿了兩把鑰匙出來。

「啊不就好有道理。」我接過鑰匙，溫溫的好噁。

這層樓隔了三間雅房一間套房，都滿了。

我的左邊住了一個萬年大學重考生，作息很規律，在走廊遇到時會點個頭。重考生似乎很緬懷他念高中的日子，總是穿著附中的舊制服，即使在這破破的頂樓加蓋租屋裡也遮擋不了他曾經身為附中生的耀眼光輝。

我正對面的房間是這層樓唯一一間套房，據說浴室雖然小，但有個小浴缸，裡面住了一個很愛在屋子裡抽菸的老女人。老女人很少出門，至少我沒注意到她哪時出門過，她的房間裡總傳來講電話的聲音，還邊講邊罵，幸好我都沒什麼在念書不然我一定會被亂到。

老女人的隔壁房住了一個在夜市貼膜的小哥，剛剛退伍，常常帶女朋友回家過夜，不過都不會發出聲音，不知道是他的雞雞沒力還是女友是個啞巴。他曾經來敲我的門，跟我說相逢就是有緣，需要的話可以免費幫我貼膜，人滿不錯。

至於學校的事就沒什麼好提的，大家的成績都很爛，認真念書的人就輸了，為了低調，早已決定要當醫生的我也只是隨便上上課，假裝對「光靠學歷就能抵達的那種未來」不在意，但我還是會在抽屜底下偷看醫龍漫畫，維持我行醫的志向。

開學不到一個月，住在對面的老女人就幫了我一個大忙。

「全身溶解不一定是凶殺吧？也有可能是自然死啊？而且又不是被溶解在我家裡，如果我家被舉報凶宅我一定告死你們這些警察！」

房東在警局做筆錄的時候一直強調這個論點。

當時我也跟著其他的房客去警局做了筆錄，我猜這個時候警察正在我們的房間裡翻來翻去，看看有什麼可疑的東西吧。

本來我不知道老女人發生什麼事，警察問我的話裡沒多透露什麼，後來的報紙上也找不到資訊，只知道老女人徹底失蹤了，她的家人聯絡不到她，就找上了房東，後來房東幫她家人打開房間後——警察就來了。

第一個搬走的是台大補習班的重考生，他不是來不及把房間清空，而是根本就不敢回去，直接閃人消失，我在他留下的櫃子裡發現了十幾件附中的制服，以及幾十本參考書跟測驗卷。一天後在夜市貼膜的小哥也閃了，只剩下我一個房客。

房東拿了兩罐純喫茶進來，對我曉以大義。

「象山你知道，是人必有一死，對吧！」

「看是要怎麼死。」

「不管怎麼死，人死掉以後，就會回歸大自然，變成地球五元素，金木水火土，這些都是很自然的。」

「所以那個老女人是怎麼死的？聽說是被溶解？」

房東顧左右而言他：「人死掉以後，最近大家都喜歡火化，因為土地不夠嘛，不能學以前的死人都土葬，土地基本上還是要留給活人蓋房子住，是吧！所以你能說火化是錯的嗎？如果燒成骨灰擺靈骨塔是錯的，難道現在大家通通都是錯的嗎？不！火化一定是對的！至少環保嘛！但現在火葬是對的，難道以前的人土葬就變成錯的嗎？不能這麼武斷對吧！」

「所以是在浴缸裡面被溶解的嗎？溶解滿不自然的啊。」

房東完全沒在聽我說，繼續活在他的世界：「現在大家都火葬了，但特別有錢的人還是跟以前一樣搞土葬，刻意跟火葬的窮人唱反調，已經不再流行的土葬難道就是錯的嗎！我跟你說，西藏那裡還有天葬！你知道什麼是天葬嗎？」

「沒聽過。」

「年輕人要有世界觀！天葬就是叫幾百隻禿鷹一起把屍體吃掉！印度那邊還直接把屍體丟到河裡餵魚！天葬錯了嗎？禿鷹錯了嗎？餵魚錯了嗎？不！我說大家都對！重點是，人只要死掉，就會用很多種方式回歸大自然！每一種方式你都要尊重！」

「上吊算是自殺，割腕也是自殺，但沒有人把自己溶解的吧？把自己溶解不是自殺，叫被幹掉，在浴缸裡被幹掉應該不叫回歸大自然，回歸大自然至少要把自己溶解在樹下、草地上或是水裡吧。」

「溶解在浴缸的水裡也是水裡啊！」

「我一個月只想給一千房租。」

「三千！」

「我只想給一千。」

「兩千！含水電！」

「但我要吹冷氣吹到飽，還有你不可以跟我媽講租金改了。」

「這樣吧，你要不要搬去你對面那間，有自己的衛浴，裡面還有剛剛刷到發亮的浴缸，我算你兩千五就好了，一樣包水電！」

「我搬進去你倒貼我每個月一萬塊我就住。」

「年輕人就是年輕人，兩千住你本來的房間，幹你娘！」

「笑你不敢幹啦。」

就這樣，房租剩兩千，我的零用錢等於每個月多出了三千塊錢。

2

你說住凶宅可怕嗎？你以為住凶宅就是這篇故事峰迴路轉的起點嗎？

幫幫忙，都到了A片只在網路上看的年代了，我勸大家要活得科學一點，住了幾個月，我沒有看過那個老女人的鬼半夜飄來敲門，也沒聽到對面房間傳來什麼怪聲，睡覺時也沒有遇到動彈不得的鬼壓床，倒是整層樓只剩下我一個房客，不能偷用別人放在公共衛浴裡的牙膏跟衛生紙，有點遺憾。除此之外，沒什麼特別。

連凶宅都不是故事的轉折點，那就說說學校吧。

在學校我沒什麼朋友，大概是我對運動不在行、對手機遊戲提不起勁、追星追劇也無感，連對參加學生幫派也沒什麼興趣吧，簡單來說就是孤僻，邊緣人。

唯一跟我有話聊的，就是碰巧坐在我正前面的陳衍銘。

阿銘的成績自然是非常的爛，卻很常來上課，興趣是幫沒來的同學點名，我們班常常有三分之一的人不屑來學校上課，卻有將近百分之百的出席率，這都是阿銘的功勞。

阿銘的臉很油，還有很嚴重的頭皮屑問題。臉很油不關我事，但頭皮屑我就很介意了，因為阿銘常常把頭仰起來睡覺，睡得太熟還會全身抽動，大量頭皮屑就直接傾瀉在我的桌子上，一點一點白白的屑屑，揮發出油油的氣味。

那天早自習，我忍不住放了一罐強效功能的海倫仙度絲在阿銘桌上。

「送我的？幹你怎麼知道我下下個月生日！」阿銘好像滿開心的。

「我不知道。我只知道你頭皮屑很多，我吸太多會得肺癌。」

「你講話很直，我欣賞。」阿銘撥了一下頭髮。

「每天都要洗。」我吃著快冷掉的蛋餅：「洗完了自己再去買。」

「沒問題。」阿銘又繼續撥了撥頭髮，大雪紛飛啊：「對了李易謙，開學都好幾個禮拜了，我注意到你都不怎麼跟別人講話，你是不是覺得自己很跩？」

「沒有。」

「沒有就好，我叫你阿謙可以吧？」

「大家都叫我象山下智久。」

「哪來的大家？」阿銘嗤之以鼻：「你根本就邊緣人啊。」

「叫我象山下智久就可以了。」

「你家住象山？算了算了隨便我也不想知道，我叫你李易謙就好了，嘰嘰歪歪。」阿銘乾脆整個人轉過來跟我抬槓，大雪雪崩在我桌上：「你一定注意到了，雖然我很聰明，但念書不是我的強項，不過哈哈，我每天都來學校，你知道為什麼嗎？」

「你喜歡幫同學點名。」

「幫大家舉舉手答個有只是順便而已，我每天來學校，是因為學校是最好做生意的地方啊。」阿銘壓低聲音，營造出很臭屁的神祕感：「只要是生意，我都做，明白？」
「啊不就好厲害。」我真是一點都不感興趣。
「我跟你說你講話這麼欠揍遲早真的被扁，不過放心，到時候你找我幫忙出頭，我幫你叫人，一個小弟一千塊，每個人都叫你大哥，看你需要幾個人我都買給你。」
「啊不就有夠強。」
「你這樣講話真的會被揍，要不是看你送我海倫仙度絲的份上，我剛剛就開扁了哈哈哈，幸好幸好！李易謙，從現在開始我們就是朋友了，來！」阿銘高興地伸出手。
「不要，你的手剛剛撥過頭髮。」我拒絕握手，好好把最後一口蛋餅給吞了。
那天一放學，阿銘把我叫到教室後面跟我說，他糾結了一整天，還是覺得被我的賤嘴給傷害，他真的過不去，請我務必理解接下來發生的事。
我感覺不妙，但事情還是發生了。我被揍了好幾拳，揍到我連胃酸都吐了出來，花了很久才有辦法自己站起來。阿銘說他沒有打臉，是因為我們已經是朋友了，朋友之間發生衝突的底線就是不可以打臉，除非是不小心打到。
握手和好之後，我馬上衝去洗手台洗手，阿銘只好在洗手台邊又打了我一次。
唉，真的是一個很容易暴衝的無腦人。

3

你以為阿銘的出現意味著故事就要達到第一波的高潮嗎？

哪可能，阿銘就是一個臉很油腦波很弱的人，這種人每間教室都有好幾個。

不要燒書，把手上的打火機放下來——我直接說了，引發高潮的人，是房東。

有一天半夜突然想大便，我打開門正要走去天台廁所解放的時候，看到房東剛剛好從樓下走上來，他的左半身全都是血，右手按著左邊肩膀，一邊靠著牆壁一邊在走廊慢慢前進，把整個走廊牆壁都塗出一大條血，看起來非常恐怖。

「你不去急診啊？」我很自然地建議。

「……沒辦法去。」房東臉色蒼白。

「被車撞飛，還是在樓梯間跌倒？」我仔細看了房東的左肩一眼。

不，都不是。

「我被槍打到。」房東看起來很努力想保持帥氣，但光嘴唇就一直發抖。

「要我幫你打電話叫救護車嗎？」

「不行。」房東瞪著我，那種眼神我絕對看過。

啊對了，是阿銘，阿銘在扁我前跟我道歉時也是這樣看著我。

只要我手一拿起電話，房東一定會衝過來把我的手剁掉。

「好吧那我就裝作沒看見好了。」我馬上回到自己的房間。

不對啊，靠我剛剛是要去大便，怎麼馬上又回到房間了呢？可是我如果現在打開門，房東一定以為我忽然雞婆想幫他忙，那就冤枉了，我一點也不熱心好嗎！

但重傷的房東在走廊上可能還要龜速前進很久，煩！本來可以好好忍住的大便忽然在我的肚子裡攪動起來！我只好開始在房間裡找合適大小的塑膠袋，好讓我緊急拉在裡面。

我東看西看，唯一的塑膠袋不就是垃圾桶裡的那個嗎？

我直接坐在垃圾桶上，拉了好幾條屎，房東就敲門了。

用最快的速度亂擦屁股後，我無奈地開門。

「幹嘛？」我的臉大概很熱。

「你不覺得裝作沒看見很沒人情味嗎？」房東也很熱，臉上一粒粒都是汗。

「啊不然咧？」

「你房間有沒有棉花棒還是碘酒？消毒水？還是酒精也可以？在我朋友來之前，你幫我緊急處理一下傷口，不然我快昏倒了。」房東壓住左肩的手好像很用力。

「我有挖耳朵大小的那種棉花棒，其他沒了。」

「好吧，那我進來打擾一下，你隨便陪我講一些五四三，免得我睡著就醒不來。」

半身是血的房東一邊說一邊坐在我床上，也不管血會不會滴來滴去。

我還沒開口，他就皺眉問：「怎麼有一股屎味？」

「我剛剛大便。」

「大便？」房東順著我的視線，看向垃圾桶：「大在那裡？」

「對啊。」

「大在垃圾桶？」

「啊不就好正常，大便不就是垃圾的一種嗎？」

「現在的年輕人連大便都很懶得去廁所了……唉我知道了，你是不是怕半夜遇到鬼所以不敢去天台？象山什麼久的，你不要真的把這裡當凶宅OK？」

我無言，但也不想跟一個肩膀正在飆血的中年大叔計較太多。

「你朋友會帶你去醫院嗎？」

「不會，我朋友會帶醫生來這裡找我，我只要在他來之前不要死掉就好了。」房東乾笑幾聲，自行把衣服撕開，露出血汙了一片的左肩膀：「當然啦，你可以想辦法讓血流得少一點也是滿好的，你這裡有沒有止血帶？剛剛不是說有棉花棒嗎？來，幫我吸一下血。」

醫生本來就是我未來的職業，我也毫不掩飾這方面的天分，把棉花棒用得出神入化，但湧出傷口的血很濃很腥又很多，看樣子棉花棒很快就不夠用了。

「你怎麼會被槍打到啊？」我知道要保持房東的清醒，就必須一直廢話：「你是黑道對不對？所以才不敢去醫院，怕被護士報警抓走。」

「黑道有自己合作的醫院，不怕沒地方拔子彈。」房東嘿嘿嘿乾笑，整張臉白得可怕，嘴唇完全沒有血色。

「啊不就好了解。」我倒了一大杯水給他的時候，碰到他的手指，好冰。

這時我才注意到房東的左手小指跟無名指，都少了最前面的那一截。跟現在的狀況稍微聯想在一塊，智障也知道房東的指頭不是被關太大力的冷凍庫夾斷，而是另一場槍林彈雨或刀光劍影。

房東五秒內就閉著眼睛全喝完了。

我用電湯匙煮水，希望等一下熱水可以幫他身體熱呼起來。

把力氣全都用來喝水的房東，斜斜靠在床頭板上，沒有辦法睜開眼睛。

他是個好房東，我真不想他就這麼死了，萬一下個房東收我月租五千該怎麼辦。我開始回想我看過的醫生漫畫，比如怪醫黑傑克、住院醫生、醫龍、仁者俠醫、無敵怪醫、醫神Dr.汞、巨乳魔醫愛打針等等，想想現在該怎麼做。

我想，大概，可能，或許，應該是先好好檢查傷口，然後用乾淨的任何東西清理傷口，子彈夾出來可能會噴血也可能不會，如果不夾子彈至少要認真止血直到醫生來拔子彈，但子彈如果沒拔出來搞不好會造成感染，血止住了也會發燒昏迷然後死翹翹。

房東好像快睡著了，不妙。

「喂，你還沒有跟我說你是怎麼被槍打到的？」

首先，我拿剪刀剪開房東身上的衣服，發現他除了左肩胛骨下面中了一槍以外，身上琳琅滿目都是舊傷，有的是刀創，也有像是彈孔一樣的疤痕，如果他以前受了那麼多傷都沒死成，今天也不該是他的死期。

至於肩胛骨下方的彈孔，周圍已經有一點黑黑的感覺，看起來很糟糕。

「不想跟你說行不行？」房東還是沒有睜開眼睛，但右手還是緊緊壓住傷口附近，果然是中槍界的老司機。

「隨便你。」我拿了一本用來幫助青少年正常成長的色情漫畫，直接丟到房東的臉上，把他砸醒：「我去看看別的房間裡面有什麼可以用的，你先看一下漫畫，不要睡著了。」

老女人的房間我不想進去。我在大學重考生的房間抽屜裡找到了一個打火機，一包濕紙巾，一雙環保不鏽鋼筷跟湯匙，一罐乾洗手液，一盒OK絆，一大罐清洗隱形眼鏡用的生理食鹽水，兩本逾期未還的灌籃高手。夜市包膜小哥的房間裡則貢獻了舒潔衛生紙兩包，細長的銅製耳扒一根，撒隆巴斯十幾片，普拿疼強效錠一排，薰香用的白色扁蠟燭一袋，以及半盒特大號的保險套……這倒是出乎我的意料，原來他不是雞雞太小女友沒感覺，而是懶叫大到把女友直接插到昏倒！

至於在天台廁所外洗手台下面，找到沒有拆開包裝的海綿菜瓜布，半瓶漂白水，這恐怕是最大的收穫——我仔細確認了一下成分表，這瓶漂白水是含氧的不是含氯的，勉強可以拿來消毒傷口，真是僥倖。

我很快回到房間，把東西一股腦倒在桌上，一邊拿手機GOOGLE起緊急止血常識之類的，發現關於槍傷的緊急處理很少像樣的討論，基本上都是一些送醫急診前自己可以做的小事。

看樣子，還是得仰賴我的創意。

「我朋友呢？」房東的臉上還蓋著我剛剛砸過去的漫畫。

「你是說牛頭馬面啊？醒醒吧你沒有朋友。」

我撥開他臉上的漫畫，哇靠他的臉又更白了一點。

我把煮到一半的熱水倒給他喝，房東喝了一大口，彷彿精神一振。

房東慢慢拿出手機，上面是一個穿著不知名高中制服的女生畢業典禮照，抱著一大束鮮花，房東緊緊摟著她，乍看下感情好像挺不錯，但那女生一臉不爽，好像一秒前腳趾才不小心踢到桌腳。

「如果我朋友到的時候我已經死了，我的女兒就麻煩你了。」

「這你女兒啊？滿正的啊，應該不是你親生的吧。」我嘖嘖，塞了三顆普拿疼給他，房東一把就乖乖喝水吞掉。

「你別以為我會生氣，每次大家說我女兒一定不是我親生的時候，我可得意了，這代表我老婆特別漂亮嘛嘿嘿嘿！我女兒可了不起了，在美國念大學，嘿嘿嘿沒想到我這種人也可以供我女兒出國念書，想想我也挺了不起的嘛……」

「你死掉我要怎麼通知你女兒？啊算了，警察會自己搞定。」

房東大驚，差點壓不好左肩上的傷口：「不要報警，報警的話很麻煩，我女兒一定會知道……我不是什麼好東西……」

「啊你剛剛不是強調你不是黑道？」

「嘿嘿……雖然我不是好東西但也沒糗到……糗到學那些混混去收保護費，賺什麼女人錢。象山小子，會挨槍的職業不只有黑道，警察也會吃子彈的好嗎？」

「所以你是警察啊？」我撕了一片撒隆巴斯，貼在房東的額頭上。

「我是……臥底。」

「放屁，你如果是臥底的話我報警有什麼關係，報警剛好的啊。」

房東大概是無法回答這麼有深度的問題，在這個節骨眼上他忽然昏了過去。

不知道他是真昏倒還是假崩潰，反正我也還沒GOOGLE到緊急麻醉的步驟，省了很多麻煩。現在我要發揮無限創意的時候，倒是怕房東忽然痛醒。

把等一下會用到的東西通通消毒一遍恐怕是最重要的，我點燃扁扁的白蠟燭，開始烤起剪刀跟不鏽鋼筷子、銅製的耳扒，一邊將漂白水以一百比一的方式稀釋，再用超燙的剪刀把全新的海綿菜瓜布剪出一個長條形。

用乾洗手清潔了一下雙手，打開特大號的保險套套在手上，很緊但手指還是勉強可以活動，當作手術用手套簡直太棒。一切準備完全沒有就緒，但我心情已經調適完畢。

雖然把子彈弄出來可能會造成傷口大噴血，不過，如果現在努力止血成功後，才想著要把子彈拔出來，拔子彈的時候免不了又要噴一次血，那不就前功盡棄？

我真想拔子彈！

如果房東死掉了我再把子彈夾出來，我就只是沒事找事做而已。

房東現在還沒死我努力夾子彈就是我很認真搶救他的命，如果房東因為失血過多不小心死了也是他的大限已到，我盡力了我好棒棒我真是急中生智急公好義。

我開始用火燄加工消毒過的不鏽鋼筷子，加上銅耳扒，在恐怖的傷口裡挖啊夾啊摳啊，比我想像的還要難，因為骨頭被打碎了，子彈有點鑽到骨頭裡面，我弄到滿身大汗，中間房東不是沒有醒，血也不是沒有噴，但我就是不屈不撓地繼續拔子彈，連湯匙都用上了。

當房東驚醒的時候，用很恐怖的眼神看著我：「我很想罵幹你娘。」

「我知道你不敢幹我娘。」

「完全不敢！」房東說完馬上又昏倒了。

其實血噴光光了也好，兩包衛生紙全都陣亡，傷口卻也看得清楚多了。

敲敲打打之下，我終於把扭曲變形的子彈給拔出來，再用稀釋的漂白水沖洗傷口，將剪好的海綿條慢慢塞進剛剛不斷冒血出來的深處，最後一口氣把清洗隱形眼鏡用的生理食鹽水噴在傷口上。

我心滿意足地看著不鏽鋼筷子上的變形子彈，天啊，我真的好了不起！

雖然已經沒有再出血了，不過我沒有針線可以縫合傷口，也就不忙把海綿夾出來。本以為會筋疲力盡，但忙了半天的我非常亢奮，我不知道還可以做什麼，只好看起那兩本被翻爛了的灌籃高手。

當房東發出鼾聲的時候，又有人敲門了。

4

我把手上的保險套脫下來，把門開了條縫。

站在門外的女人肯定就是房東口中的朋友。

女人沒有化妝，戴了一副黑色粗框眼鏡，中等身高中等身材中等年紀，深灰色大衣下，穿著一雙有狗狗圖案的黑白平底鞋，她沒有刻意朝門縫裡窺看，倒是眉頭一皺。

「有一股怪味……」女人表情凝重。

「他在垃圾桶裡大便。」我將門打開，指著垃圾桶。

女人把手伸進灰色大衣口袋，拿出印有無嘴貓圖案的口罩，不顧我感受地戴上，走進房間的時候刻意瞥了垃圾桶一眼，難道不相信垃圾桶裡面有大便？

「廁所很遠嗎？」女人仔細檢查房東肩膀上的傷勢。

「他體力不支，肛門忽然鬆掉。」我有一種交期末作業被打分數的快感。

「除了肩膀還有別的地方受傷嗎？」

「就肛門比較鬆。」

「你很有心，他全身是血又拉完屎，你還幫他穿褲子。」

「他有跟我說有個朋友會帶醫生來救他，我想說，如果那個朋友跟那個醫生忽然開門進來看到他沒穿褲子，說不定以為我跟他有姦情，所以我就花了一點時間幫他把褲子穿好。」我近距離看著女人，有點猜不出她的年紀：「妳是他朋友還是那個醫生？」

「本來真的是要帶一個醫生來，但我去他家的時候，才知道他剛好在前天心肌梗塞過世了，非常遺憾。」女人打量著房間：「都是你一個人動的手術？有好好消毒？暫時不會死了？」

嗯嗯，我連續點了三個頭。

錯過了問這個女人名字的第一時間，亂七八糟就聊了起來，順序都亂掉了。

「他拉屎完多久了。」

「有一陣子了。」

「你寧願聞這麼久的屎味，也不去把垃圾桶的屎倒掉，算你厲害。」

女人看著我，我看著女人，氣氛到底是有點尷尬還是有點僵持，我有點弄不清楚，不過我是不可能起身去倒大便的，這種事本來就是誰受不了誰去幹才對吧。

「但還差了針線，不然我可以幫他把傷口縫起來。」

「便利商店應該有賣。我去買，順便幫你買一點吃的。」

「出去的時候可以順便幫我把大便倒掉嗎？廁所在走廊最後，把門打開就可以看到了。」

看到她難以置信的眼神，我只好晃了晃手中的灌籃高手：「木暮快投進最後一個三分球了。」

女人打開窗戶，直接把垃圾桶整個扔了出去。

哇靠我完全沒有想到這麼個辦法，缺點是我得買一個新的垃圾桶回來。

「妳脾氣好像不太好。」

「我不只脾氣不太好。」

女人走了以後，我忍不住開始打掃房間，免得有太多東西都被她丟出去。這中間房東迷迷糊糊醒來一次，說了一些除了女兒之外我都聽不懂的話，然後又繼續睡下去。我換了一張撒隆巴斯貼在他的額頭上，看看會不會好些。

木暮投進扳倒陵南的關鍵三分球後，我GOOGLE了一下醫學小知識，覺得房東可能很需要抗生素，很多很多的抗生素，不過抗生素是處方用藥，一般藥局買不到。我打電話給阿銘，叫他起床。

「阿銘，我要買抗生素？」

「現在……幾點了？」

「四點快五十了。」

「這麼早你要幹嘛？」

「你說你什麼東西都賣，那我要買抗生素。」

「什麼？你嗑……抗生素？」

「我等一下傳簡訊給你，這些抗生素我都要買，等一下上學拿給我。」

「你有錢吧？」

「今天上學馬上就要，不然不給。」

掛掉電話後我馬上從網路上抄了一堆抗生素名稱，還順便附上一些我猜大概並不難買的強力止痛藥啦、針筒啦、傷口敷料啦、清創凝膠啦、止血帶啦、紗布啦、特大號棉花棒等等等等的東西，對了，還有說不定還會派上用場的鎮定劑與麻醉藥，一口氣傳給阿銘。

女人拿著針線包跟一大碗關東煮回來，天空已經微微轉藍。

「怕傷口感染，我想邊吃邊縫，比較快。」我用乾洗手認真消毒了雙手。

「要怎麼邊吃邊縫？」女人幫我拆了針線包裝。

答案很快就找到了。

女人一邊餵我吃魚板，我一邊拿針線縫起房東的肩膀，為了怕魚板的湯汁滴到傷口，女人還拿衛生紙鋪在她的手掌上，而我也稍微仰起了頭去含，合作無間。

我沒有縫過傷口的經驗，但這毫無妨礙，畢竟我是一個連子彈都可以夾出來的奇男子，我的動作看似粗糙，其實都用最簡單合理的方式確實進行著。

「我剛剛打電話給我同學，叫他幫我買很多抗生素跟麻醉藥之類的東西，我剛剛看過妳朋友的皮包，只有六百塊不夠。等一下我要跟妳拿錢。」

「可以。但為什麼還要麻醉？」

「如果傷口之後有感染我就要把爛掉的部分挖掉再重包一遍啊，妳朋友是沒神經嗎還是妳沒良心？那個，我要吃那個豬血糕。」

「太大了，分兩口。」

「對了，妳是房東的誰？是他前妻嗎？還是正在追的現在進行式？」

「他有跟你說他是怎麼中槍的嗎？」女人用新的問題藐視了我的提問。

「說了一堆他是臥底的屁話。」

我正在忙，沒看見女人的表情，但可以感覺到她好像稍微鬆了一口氣。

「為什麼你不相信他是臥底？」

「他就前後矛盾啊！拜託我不能送他去醫院，還跟我說他如果不小心死掉也不能報警，不然他女兒就會知道他不是什麼好東西。」我避開硬硬的骨頭，在房東的肩膀上穿針引線：「哪有臥底當成這樣的阿里不達，連死掉也繼續鬼鬼祟祟，絕對是唬爛。」

「其實很合理，一點也不唬爛。」女人語氣很平和：「如果去醫院急救的話，臥底的身分可能會曝光，開槍打他的壞人就會找到他的真實身分弄死他。」

「死掉呢？又怎麼拗？」

我張開嘴巴，女人夾了一個白蘿蔔給我。

「如果他死掉了你報警，不管警察怎麼低調處理他的後事，或是暗中給他的家人撫卹金，警察裡面萬一有壞人那邊的奸細，就會把跟他特別有關係的人通通殺掉，以免他在臥底期間得到的重要資料變成法庭上的證物。也就是說，他在國外念書的女兒，或是跟他一起在壞人裡面臥底的其他夥伴，都會被處理掉。」

「妳越解釋我越不信啦，反正我剛剛好從小就決定要當醫生，但我現在才高一，離醫學院還很遠，現在啊，天上忽然掉下來一個手術，成功了我大概以後都不用繳房租，不成功也絕對怪不到我頭上，我就順手預習了一下，就這麼簡單。」

「你縫得好醜。」

「沒關係他長得更醜。」

我的縫合手術大致結束，不是我自暴自棄，縫得真的非常醜，但感覺很牢靠。

我用生理食鹽水加稀釋漂白水，認真沖洗了我的作品，我真的是好天才！

「你等等還要去上課吧？」

「啊不然咧？不管是他追妳還是妳追他，房東就交給妳照顧了。」

「你安安靜靜就去上學，一放學就安安靜靜回來，知道我的意思吧？」

「好會威脅喔啊不就好強好恐怖！」

「你平常都這樣講話，小心被揍。」

「我已經被揍過了啊不用妳提醒。」

折騰了好幾個鐘頭，我一點也沒有疲倦的感覺，或許我真的就是為了行醫救人的使命誕生在這個世界上的吧。我去天台上的小廁間洗澡時，弱弱的熱水打在我的臉上，我才稍微打了一個呵欠，還在馬桶上睡了一下下。

換好制服準備去上學時，女人給了我整整一萬塊錢，當作是後續醫療器材的採買費。我說應該夠了……應該吧。

「給我你的手機號碼，隨時保持聯繫。」女人自己先唸了一串號碼。

「我叫象山下智久。要怎麼叫妳？」我的手指停在輸入聯絡人資料的空白。

「曉茹，春眠不覺曉的曉，茹是如果的如上面加草字頭。最後加個姊。」

「還姊咧，啊不就好神氣。」

女人又拿了兩萬塊出來給我：「這是給你的醫療費，包含後續所有的傷口處理。如果抗生素跟紗布之類的還要繼續買，你先出，再打電話讓我知道。絕對，絕對別讓你房東死掉了。」

醫療費聽起來實在是太專業太帥氣了，我忍不住用雙手接下。

「謝謝曉茹姊！」

快快樂樂走到樓下，那個被扔出窗外的帶屎垃圾桶還在巷子中間，我一邊走一邊踢它，不知不覺屎被我踢出垃圾桶，我也到了學校大門。

號稱什麼東西都賣的阿銘竟然比我早到，什麼都搞定了，要什麼有什麼，連管制用的強效麻醉劑跟抗生素都裝在大袋子裡，非常有效率。

「李易謙，你叫我幫你搞定這些東西，我不會有事吧？」阿銘一大早臉就很油。

「啊？你在說什麼我聽不懂，什麼事都沒發生啊。」

「什麼叫沒發生你在屁啥？紗布棉花棒就算了，這些抗生素跟鎮定劑都是管制用藥，你他媽嗑到變植物人都不能說是我賣給你的，知不知道！」

「我真的聽不懂你在說什麼，這些都是我在路上撿到的啊。」

「最好路上是可以撿到！幹你發誓絕對不會婊我！發誓！用你媽的命發誓！」

我嘆了一口氣，跟智商特別低的人溝通真的是特別累。我只好隨便用我三個媽媽之一的性命發了一個被車撞到火星的誓，阿銘這才撥了一下頭髮，在大雪紛飛中慎重地伸出手：「做生意就是口風緊，口風緊才能一直做生意，懂？」

我抱著等一下就要衝去洗手然後被揍的決心，跟阿銘握了握手。

這一握手，開啟了我源源不絕的醫療器材補給。

怎麼樣，這個故事總算有一點點變幻莫測了吧！

5

關於房東肩膀上的槍傷，我反覆清創又消毒，感覺縫線底下有組織液滲出大概是感染了哈哈哈只好又拆線重新再搞一遍，評估效果後又換了三次抗生素，認真敷了三個禮拜的敷料後，他就差不多復原了。真不愧是經常受重傷的人。

正當我苦惱著抗生素跟麻醉藥剩下太多，丟了可惜，留著又怕過期的時候，房東半夜又來敲我的門。

那次是他的左邊耳朵被削掉一半，我開門的時候，房東拿著一個裝滿冰塊的透明塑膠杯，半隻耳朵就泡在裡面一個小小的夾鏈袋裡。

這本是殺手，不是醫學教科書，但我還是得強調一下，不管是斷指還是斷耳，想接回去的話就不要泡在任何液體裡，保持乾燥就對了。以前斷指過，房東顯然是受傷界的老司機，還曉得要用夾鏈袋裝好耳朵，用冰塊間接冷藏。

不過我可不是縫合界的老手就是了。

「我不會縫耳朵啦，我頂多幫你止血。」我呵呵。

「縫看看嘛！年輕人怎麼這麼沒志氣，頂多是縫不起來！怕什麼！」

「縫起來很簡單啊，縫起來以後會不會直接爛在你的臉上就不知道了。」

耳朵後來縫上去了，但顏色變得不太對勁，就有點紫紫的，我自認沒有顯微鏡幫我縫合血管跟神經之類的工具，能做到不讓房東得敗血症死掉，已經是功德無量。

房東常常受傷，大大小小的傷，我也就持續向阿銘採購有的沒的輔助器具跟藥物，反正這方面的費用曉茹姊會幫我搞定。我還是得繼續繳房租，因為房東很堅持，說成為擁有被動式收入的房東是他一生的夢想，不過房東給我醫療費的錢早就超過了我的房租，我也就不跟他計較。

治療或清創的時候，房東總是一邊得意洋洋地聊女兒，一邊把手機裡他女兒在美國讀書的照片給我看，算是圖文共賞。他女兒念的是芝加哥大學的哲學系與物理系，一口氣修雙學位，不僅很了不起，根本就是超級了不起，因為房東常常強調芝加哥大學的物理學院在全美排名第七，哲學系所屬的社會學院排名全美第五，七加五除以二等於六，房東的女兒等於是全美國第六厲害的學院學生。

而且房東女兒長得真的滿漂亮的，躺在校園草地上跟同學野餐聽音樂的模樣，很陽光。她戴著墨鏡開車，吹著泡泡糖，打開的車窗灌入狂風吹亂她的短髮，很矯情很屁。她跟朋友一起在學校的湖上划船，一邊啃紅蘿蔔，有一隻烏鴉正好飛停在她的頭上，看著她手上的紅蘿蔔，人跟烏鴉的對峙很好笑。要說我喜歡的一張照片，是她在圖書館熬夜準備期中考，打瞌睡被同學偷拍張嘴流口水的樣子，非常可愛。

「不要想追我女兒，除非你以後考進芝加哥大學的物理學院！你知道芝加哥大學的物理學院很了不起！世界上第一座核子反應爐就是他們學校的教授搞出來的厲害吧！我查過了，有個叫曼哈頓計畫就是在講做原子彈的，原來原子彈也是芝加哥大學的物理教授集思廣益出來的，我女兒就在那裡念物理，那還不夠厲害嗎？這樣的物理學院怎麼只排美國第七？根本就是世界第一！」

「原子彈真的是滿屌的。」

「我去年去找過她一次！那真是哈哈哈告訴你！真的是我人生的頂點啊！我女兒是他們系上的風雲人物，很多教授都搶著請我吃飯，我聽不懂英文，但我女兒說他們要她學士拿到以後，務必順便直攻一下博士，但她很苦惱，說物理系搶人，但哲學系的博士班也想搶她！她真是不知道該怎麼辦！」

「啊不然應該怎麼辦？」

「我就跟她說，不必掙扎！兩個博士通通去念！學費方面老爸沒問題！結果你知道她說什麼嗎？」

「她說她會拿到兩個博士的全額獎學金，叫你不必擔心。」

「你你你你你！你果然知道我女兒有多聰明！她真的就是這樣跟我說的！」

於是我不得不知道，房東女兒喜歡蒐集有水果圖案的紋身貼紙，不喜歡吃所有的青菜卻很愛直接啃生紅蘿蔔，買手搖飲料絕對不減糖也不少冰，喜歡把鼻涕吸回去吃掉也不想把它擤出來，左邊虎牙比右邊要大一滴滴，喜歡站著尿尿。

「等等！喜歡站著尿尿？」我用棉花棒，在他手臂刀傷的肉芽增生上滾動著。

「對啊！她做什麼都不想輸給男生，果然是我的女兒吧哈哈！」房東得意得很。

房東聊女兒的時候次次都很開心，有時候我覺得他受的傷沒有重到需要我幫忙處理，比如說眼窩瘀青、膝蓋破皮、嘴角撕裂、後腳跟去撞到這類連高中生打球也會受的傷也來找我，我懷疑他只是想找我聊他的女兒。

但偶爾，他還是會中彈。

「你這個臥底幹得也太辛苦了吧，這麼常被砍被開槍。」

「沒辦法，女兒的學費跟生活費都很貴啊！我必須加把勁賺錢是不是?當老爸的養女兒，天經地義！哈哈哈哈！我女兒真的是很了不起！你知道……」

肯定是因為這樣，我迷上了傷口緊急處理的種種研究，幸好上學時大家都沒在上課，老師也隨便寫寫板書就當作有在教書。每一堂課，我都直接戴上耳機，把手機立在桌上，看一大堆放在網路上的創傷手術影片，看得很入迷。漸漸地我知道還欠缺哪些手術工具，各種剪，如神經剪、血管剪、鼻剪、S體彎剪、組織剪、直尖剪、彎尖剪。還有各種鑷、各種刀、各種鉗、各種導管、各種牽開器、各種鋸，好面對房東身上各種可能受的傷，雖然很像是詛咒房東，我還是先買了，免得書到用時方恨少。

「李易謙，你是不是在當密醫！不然買這麼多手術傢伙幹嘛！」

「啊?我聽不懂你在說什麼?」

這時阿銘總是點點頭，為我們交易的秘密感所散發出的專業，覺得滿意。到後來男生上課在偷打手槍，女生在偷打毛衣，我就是超專心地在練習縫香蕉皮、塑膠套，還有豬皮，進入渾然忘我的境界。

雖說我非常想挑戰縫合斷指這類的複雜手術，不過至少需要顯微鏡、顯微刀片跟9-0以上的縫線，別說這種設備要好幾百萬起跳，我也沒有乾乾淨淨的無菌手術房可以搞，上次房東耳朵被我花了好幾個小時縫回去沒爛掉真的是很僥倖，唉，我好像真的比我原先幻想的還要想念醫科。

心誠則靈。

某天學校午休，我的手機響了。

6

連假條都省了，我直接翻牆出校。

我唸著手機上的住址，直接搭小黃衝到曉茹姊指定的地點。

那裡是一間沒什麼人氣的熱炒店的樓上，得搭一台會發出尖銳金屬摩擦聲的貨梯上去，裡面沒有樓層按鈕，我什麼都不必做就自動往上。

電梯打開的時候我根本不知道自己到了幾樓，只看到一條窄小的灰色走廊，走廊邊有一道不鏽鋼色澤的金屬門，門邊有一台監視器。

我在一個監視器下面比了個YA，門就打開了。門打開的聲音很重，讓人相信這道門基本上刀槍不入吧。

門裡根本是一間開外掛的小型手術室，我在網路上看過的顯微設備應有盡有，專業的移動式LED手術燈下，一個頭髮花白的老黑人正在接合一個男人的左手臂，那動作我見過，是用鋼板固定骨頭——這手術才剛剛開始。

曉茹姊原本在角落一張椅子上看書，見我進來，用眼神示意我用最快的速度穿上一旁的全套專業手術服。

我肯定是莫名其妙緊張起來，光解開制服的第一顆釦子就花了十幾秒。

「中學生？就是妳說的那小子？」老黑人竟然會說中文。

「他技術沒有，膽子很大，你看看他行不行。」曉茹姊繼續看書。

什麼叫技術沒有，我只是欠經驗欠設備好嗎！

我瞬間硬扯，釦子整排彈開，壓了一大沱消毒水在手上狂搓。

接下來發生的事沒有別的，就是幫忙那個長得很像山繆傑克森的老黑人縫合手臂，他沒有特別叫我幹嘛，基本上他什麼動作做一遍，我就跟著做一遍，小則棉花棒在組織液上滾一滾，大則縫合神經、血管跟肌腱。

老黑人偶爾會皺眉頭，有時點點頭，直到我們把所有該用的器材都用過一遍後，那條手臂終於回到了那個昏迷不醒的男人身上。

曉茹姊手上的那本書當然翻完了，還多了一碗剛剛吃完的泡麵。

「才花了三個小時，比你一個人快上許多。」曉茹姊幫我們兩人也泡了泡麵，都不用事先問一下我們想吃哪種口味：「省了快兩個鐘頭。」

「嘿嘿嘿那小子真的夠膽子，可以跟我去敘利亞了。」老黑人接過一碗泡麵。

「免費的話我就去。」天啊我手上的這碗泡麵好香。

實在是太餓了，我還來不及聊天就把泡麵吃光，吃光之後我甚至忘了剛剛嗑掉的那碗泡麵到底是什麼口味，只知道一股充實的感覺飽滿了全身，就好像我這輩子從來就沒有打過手槍也沒有夢遺過，每一滴精液都留在我的身體裡幫助我成為一個更強大的男人。

「這次，他得在這裡待多久？」曉茹姊走到昏迷男人身旁。

「大概還得躺在這裡一個禮拜，血液循環好一點再滾。要我猜的話，他的手大概可以恢復到以前的七成八成吧，半年後揍人不是問題。」

「他醒來後你換個說法，就說……只剩下日常拿碗的功能。」曉茹姊的語氣裡有一種奇怪的威嚴。

「是嗎？他的制約是什麼？死心眼想繼續幹下去是嗎？」

「……照我說的去做就是了。」曉茹姊嘆了一口氣。

老黑人的手上忽然多了兩罐冰啤酒，一罐遞給了我。

「我還沒滿十八歲。」我伸出的手停在半空。

「幹那你又有醫生執照了嗎？」老黑人嗤之以鼻。

也是，我大口喝下人生第一罐啤酒。

雖然我沒醉過，但我肯定很快就醉了。喝醉原來是這樣的感覺。

我稍微清醒一點的時候，發現自己已經離開那個神祕的手術房，跟曉茹姊在路邊小公園玩翹翹板，她一邊，我一邊，而我的手裡竟然還有一罐喝到一半的啤酒，還是冰的！

「你看起來好像習慣了酒精，很快嘛。年輕的肝就是很可靠。」

「人體好奇妙。」

「既然清醒了，來，這是你幫忙手術的費用。」

我隆重地收下了一個牛皮紙袋，那種厚實的感覺，意味著我提供的服務極有份量，極專業，讓我極爽。

「你沒打算問很多問題嗎？」

「關於什麼？」

「關於這一切。」

「你們看起來就是那種，一旦我知道太多，就會把我殺掉的那種人好嗎？」

「我們是很像那種人，但把你殺掉沒有錢拿，我們有時候會刻意忽略。」

「啊我不就好險沒問。」

我持續沒問，曉茹姊自己倒聊了起來。

手術房裡那個長得很像山繆傑克森的老黑人，是一個重度成癮的手術狂熱者，世界各地常常發生戰爭的不祥之境大概都跑過了，簡單講就是一個純粹愛動手術的人，跟有沒有愛心無關。

老黑人喜歡動手術，喜歡用盡一切方法把人救回來，不喜歡花時間分辨誰是好人誰是壞人，戰場上也管不了這麼多，只要把半死不活的人送到他面前就對了。

打仗比街頭槍戰恐怖一百萬倍，但除了美軍的後方醫院，真正的戰地沒什麼像樣的設備，靠的就是隨機應變，手臂被炸斷了就炸斷了，哪來的時間接回去，怎麼讓手臂被炸斷的人活下去才是重點，陰莖被切掉了就切掉了，動個手術讓你可以插一根吸管站著尿尿就好，管你以後還有沒有辦法在喝醉的時候跟別人比誰的老二大。

至於老黑人為什麼從一級戰場跑來無聊的台灣，為什麼把中文說得那麼流利，又為什麼長得那麼像山繆傑克森，曉茹姊沒提，我也就假裝不感興趣。

「你覺得山繆的速度快不快？」曉茹姊沒有喝啤酒，手上是一包特大號的洋芋片，一邊吃一邊吸手指。

「山繆？妳說他叫山繆！」我幾乎要嗆到。

「是嗎？我不小心說了是嗎？」曉茹姊在翹翹板的那一頭呵呵笑：「對啊，他就叫那個山繆，MOTHER FUCKER的那個山繆。」

那種笑法太怪了，怪到讓我分不清她說的到底是不是真的。

「……那個FUCKER山繆的手好快，比我看過的手術影片都快好幾倍，好像每條血管跟神經都是他的國小同學。」我頓了頓：「就是每天都還保持聯絡的國小同學。」

「這幾年他老得很快，眼睛退化了，不得不依賴顯微鏡那些設備，手術的整體速度變慢許多。」

「啊不就超唬爛！他用肉眼徒手縫神經還更快的意思嗎！」我太吃驚了。

「是啊，山繆的眼睛已經跟不上手的速度，只好買一些讓他看得更清楚的東西。他嘴巴不說，但很明顯他超氣必須仰賴很多科技的自己。」

我的嘴巴肯定張得很大。

更離譜的是我完全相信，真想親眼見識一下老黑人的一手神技。

「他在這裡會待上一段時間，雖然他沒說，但我猜今年底以前不會離開台灣。」曉茹姊在翹翹板的另一端吃著洋芋片：「這幾個月你想跟山繆學動手術嗎？」

「好！」我馬上舉起雙手大叫：「我要我要我要！」

「但你要記住，你不是去幫他，而是去學。」

「像他這種高手一定不覺得自己需要幫忙！自尊心啦不值錢我都知！」

「以後山繆會自己打電話給你，你一接到就用最快的速度過去。記得不要再穿制服了，進貨梯以前就把口罩戴上，暴露你的身分可能會帶來不必要的麻煩。」

「換山繆打電話？妳不會像今天一樣坐在旁邊？」

「我打給你的話，我會坐在旁邊。山繆打給你的話，會換成別人坐在手術房，男的女的都有可能，也不見得只會有一個人，你不必跟他們多說一句話，他們問你什麼，你就隨便應付過去，或讓山繆幫你鬼扯就行。」

「他們問你話你這樣答，馬上就會換你去躺手術台。」

「啊不就很恐怖，啊不就好怕怕。」

「……」

「每次他們都會給你一點錢，多一點少一點都別計較，拿就是了。」

「有錢賺！喔耶！我真的好帥啊！我好帥啊！象山下智久就是我啦！」

我迎著風大叫，世界之王就是我啦！

曉茹姊好像覺得很好笑。

「給你一分鐘問你想問的任何問題。」

「任何？」

「一分鐘，想問什麼就問什麼。」

「保證問了不會把我幹掉？」

「保證。」

我想了想，將手中的啤酒一口氣乾掉。

「才不會上妳的當咧！」我興奮地大吼大叫，跳下翹翹板。

曉茹姊瞬間翹高高，好像特別滿意我的答案。

7

我在想，為了避免流水帳，是不是應該加速一下故事的節奏。用「總之」當開頭似乎是個挺有效的轉折法。

總之，我就在山繆那裡當起了手術學徒，當然是無照，見識了不少大場面。

為了低調，我把那個大學重考生當初放在衣櫃裡沒帶走的附中制服洗一洗，隨時放一件在書包裡，只要山繆一打電話給我，我就在計程車上換好制服，讓附中變成我的身分掩護。

手術房裡可以發生的事可說是千奇百怪，碎了整排的肋骨，射進眼睛差點從另一邊飛出去的小刀，被扭碎的膝蓋，被削掉一半的肩膀，從各種角度射進身體各種部位的子彈，足脛骨從中間被鋸斷的年輕人，被挑斷手筋腳筋的大胖子，手掌裂開卻一直在笑個不停的女人，被火燒傷了半邊臉卻堅持不肯打麻醉的硬漢。

在一旁等候手術結束的，除了非常偶爾才出現的曉茹姊，常常是滿臉橫肉的惡漢、渾身刺青的小混混，或是穿著黑色西裝不發一語的酷哥，全都是我避免眼神接觸的非善類。

手術房唯一沒出現過的，就是死人。

山繆真的是一個手術狂熱者，沉浸在所有的細節裡，不厭其煩地止血、麻醉、鋸骨、接合又接合。我至少看過他用八種方式縫合傷口，每一種都神乎其技，他近乎直覺地避開會引起對方過敏反應的抗生素，對忽然停止跳動的心臟也沒有露出幹這次真的完蛋了的表情。

曉茹姊猜錯了。

過了年底，山繆還是沒走，在急診補習班裡讓我見習了整整十一個月。

我在全台灣最離譜的手術台邊度過了一個寒假，又晃了一個學期，拿了三次全班第一名，然後又開刀開了一整個暑假。

到了高二下學期，有一次同時有兩個人被送了進來，一個腹部中了兩槍，一個膝蓋被子彈擊碎。

「你先選，來比賽。」山繆雙手扠腰。

「我選肚子炸掉這個。」我歪著頭。

「故意選比較難處理的，是不是輸的時候有藉口？」

「是。」

「這麼老實。那我讓分，我把他的膝蓋修到兩個月後就可以去慢跑。」

比賽歷程四個小時，結果當然是我輸慘，不過我也把山繆逼到額頭上爆出大汗。

我不懂學了很多，也賺了不少。

經常受傷的房東是我最好的練習教材，他對我的進步非常驚訝。

「你是臥底義大利黑手黨啊？怎麼那麼常受傷？」

「女兒念那麼好的大學，學費貴頂天啊！」房東瞠目結舌：「別說那個，你的動作好像越來越快了！」

「不是好像，是超級無敵……好吧沒有無敵，但絕對是超級快！」

現在是放寒假前兩天，明明正在期末考，我還在接合房東右手的斷指。

他斷得真是時候，正好讓我練習不靠顯微儀器，用肉眼加頭戴式放大鏡，就把神經一條一條縫回去。話說我不知道曉茹姊有沒有跟他提起「山繆、我，以及山繆跟我的急診室」的橋段，搞不好提了會死，我也就自動省略。

附帶一提，我幫房東動手術的房間，已經改在我對面溶解過人的凶房，沒辦法，那裡有一個小浴缸，方便做各種清洗，我還買了一盞超清晰的手術用燈放在浴缸旁，所有傷口一覽無遺。

「快放寒假了，打擾到你期末考了吧？」房東別過頭，不敢直視我的技法。

「反正我沒念還是全班第一名。」我大概是喃喃自語：「我們學校就是爛。」

「象山小子，你該不會想要追我女兒吧？」

「我超厲害跟追你女兒有什麼關係？」

「你常常聽我講我女兒，又一直看她的照片，聽久了看久了肯定會愛上她的！你的手術突飛猛進，難道不是想假裝有為青年，討我開心，騙我幫你追我女兒嗎！」

「你滿會幻想的嘛，最好你女兒有漂亮到讓我發憤圖強。」

那天手術進行了五個鐘頭，每個動作都很精密，我的手腕肌腱瘦到差點報廢。

附帶一提，那也是我獨立進行的第一個接肢手術，真的是超爽，房東不只給我錢，還逼我收下那張他女兒在小船上、一邊吃紅蘿蔔、頭上停了一隻烏鴉的搞笑照片當作額外獎勵。

「集滿十張照片，我就把你的照片寄給她！」

「啊你女兒都念大幾了我還在小高二，有沒有搞錯？」

「你是不是以為只要我女兒看到你的照片，就會迷上你是不是！是不是！」房東拿起手機就朝我的臉拍照：「象山小子，你媽有把你生得這麼帥嗎？看這裡！西瓜甜不甜？」

「啊西瓜在哪？」我還是本能地對手機鏡頭比了個YA。

我開給房東絕對夠份量的抗生素，迫不及待一個月後寒假結束，看到房東跑來告訴我，他已經在用受傷的手刷牙了。

放寒假意味著快過年，我老爸跟三個媽媽在大賣場的工作強度大爆發，家裡就我一個人大掃除，累死我，我還情願去山繆急診室開刀。

好不容易寒假第四天就是除夕夜，我爸媽終於從大賣場的年終特賣會中解脫。

全家人吃完團圓飯後就開始打麻將，一樣沒我的份，我只負責幫老爸摸牌。

「兒子，期末考怎麼樣啦？」大媽摸牌打牌：「七索。」

「應該又是全班第一名吧。」我幫老爸摸了第二張西風，打了張青發。

「我就說我兒子最優秀，」二媽笑呵呵，打牌：「南風。」

「碰！我覺得以後診所要離菜市場近一點好，普渡眾生嘛。」三媽得意得眼睛都瞇成一條線：「八筒。」

「八筒吃中洞，現在聽說當牙科比較賺錢，醫療糾紛也比較少，還是念個牙科，以後我們老了裝整排假牙就不必花大錢啦！」大媽越打越開心：「西風。」

「西風碰。」我打了張二索：「我才不要念牙醫咧，牙齒掉光了也很難死，沒挑戰性。」

「吃吃吃，哎呀我們的兒子就是這麼優秀，要賺錢，也要挑戰。」二媽打了一張一筒：「看看我們多會教啊！」

「一筒槓。要挑戰還不簡單，念醫美啊！聽說整形不只要手術功夫好，醫生自己的審美觀也要很棒才可以把一個人的臉修漂亮，我們兒子美感一定沒問題。」三媽總是務實又樂觀：「九索要不要啊？」

「我七索都打了要九索幹嘛呀。」大媽笑吟吟自己摸了張牌，打出：「我自己也跟打九索。是說醫美好啊，我們三個媽媽可以讓你免費練習啊，然後你就在診所外面放那個人形立牌，整形前整形後，哎呀你的生意一定很好！」

二媽跟三媽馬上大聲叫好，說省假牙錢還不如去免費整形。

唉，要不是我三個媽媽都很醜，我真想回她們醫美手術比牙醫更無聊，至少我聽過拔牙齒血流太多死掉的，卻還沒聽過人會醜到暴斃。我可是開過大大小小怪奇手術的人體重組師啊！

我幫老爸摸了張西風：「槓。」又摸了張白板打出。

三個媽媽持續著整形診所的話題，完全無法體會老婆整形有什麼意義的老爸完全插不上嘴，只是呵呵笑，好像也覺得這條新出路不錯。

哎呀，要怎麼跟他們說這個全班第一名完全是個屁，整個學校根本沒人讀書，就我一個人會在考前隨便翻翻書呢！我其實根本考不上醫學院，喔不，甚至是根本考不上大學呢！

還是……我可以怎麼想辦法，在學測後矇騙他們我上了哪間遠一點的醫學院，印假的錄取通知，然後裝模作樣在學校的圖書館裡拍拍照，再請幾個臨時演員跟我一起拍些……聯誼之類的青春畫面，先把七年混過去，之後的事之後再說。

反正，我也不全然在說謊話吧？

我常常幫一些牛鬼蛇神動手術啊，再讓我跟山繆學七年，我絕對比一般的外科醫生經驗豐富幾百倍，他們有牌照說自己是醫生，我也毫不遜色啊。

有了！說到山繆，跟三媽一爸連續唬爛七年後，我就說我感應到這個地球的陰影處需要我，所以我得去敘利亞！去伊拉克！去加薩走廊！哪裡有戰亂我就去哪裡救人！這個謊前前後後應該可以撐個十年吧！

只是醫學院的畢業典禮我爸媽一定很想參加，那種場面要怎麼造假呢？難道我要請幾百幾千個臨時演員幫我偽造一場假醫學院畢業典禮嗎？就算我可以存到錢請一千個臨演，學校禮堂也不會租給我吧？

正當我感到萬分苦惱時，已不知不覺幫我爸放了兩次槍。

手機響了。

「象山小子，新年到！集點了！」房東聽起來像是中了頭彩。

「啊？」我摸不著頭緒。

「集點了！邁向你叫我岳父之旅的偉大集點遊戲！」

「到底在說什麼啊？等等！西風槓！」

「不很急，但滿痛的哈哈哈！你打完這一圈快點過來！」

原來如此，總算聽懂了。

但不管是真臥底還是假黑幫，大過年的出什麼任務啊！

「誰啊？」二媽隨口問。

「學校老師啦，叫我快點交科展報告，要寄去比賽用的。」我壓住話筒，再繼續講電話：「是，報告老師，科展作品我沒放家裡，過完年後再交可以嗎？什麼？這樣比賽會來不及？可是，報告老師，那些美國高中生又不用過農曆年，他們當然現在沒事找事幹啊，就是欺負我們要過除夕，勝之不武。沒關係老師，這次比賽就算了，反正我沒差一個國際中學數理科展的獎盃，我現在在陪家人過年打麻將，有機會我再——」

「怎麼可以這樣！快去交報告！」大媽拍桌。

我瞪大眼睛，摀著手機：「媽！又不一定得第一名，說不定只會得第二名啊，而且我要幫爸摸牌啦！」

「第二名也好啊，第三名也比打麻將重要！」二媽直接倒牌：「你爸眼睛瞎了，手可沒瞎，讓他自己慢慢摸牌就好了！」

「可是……」我還是壓住手機話筒：「那些美國人真的欺人太甚，我們好好在過年他們趁機搞比賽，根本就是……」

「沒有可是！從除夕到初十五都是過年，跟美國人比賽就是為國爭光，那個科展作業是放在租屋那裡嗎？要不要幫你叫計程車！」三媽塞給我一個大紅包：「帶在身上，就是帶著好運！」

我低著頭，咬牙說謊：「其實我科展還沒寫完就回家大掃除了，還剩一點點。」

大媽二媽跟老爸都把紅包塞給我，異口同聲叫我別緊張，初二再回家也無所謂，但無論如何記得把紅包放在枕頭下再睡覺，大吉大利。

我趕緊拿起手機，把戲演完：「是的老師，我現在馬上回去拿報告，我最遲明天一大早傳給你好嗎？好的好的，老師對不起，謝謝老師！」

抱著愧疚的心情，我帶著四個厚厚的紅包跑到樓下巷口等計程車。

大過年的除夕夜，台北根本一座空城，少數還有在跑的計程車每一台都刻意忽略我的招手，明明車上沒乘客也不亮燈，就這麼囂張地開過我前面，有的還刻意把速度慢下來，直到看清楚我臉上高興的表情，再忽然加速開走，真的很賤！

我打給房東，他馬上就接了。

「挨刀子還是中槍？很嚴重嗎？」我走出巷口，快步直往大馬路：「把傷口拍給我看看。」

「沒挨刀也沒挨槍，就是跑太快去撞到肋骨，腳踝也去扭到，痛死我啦！」

「啊不就狗屎運，血止住了嗎？」

「只流了一點鼻血，但很痛啊，象山小子你快來集點！除夕夜加倍送！」

「那應該還好啦，別緊張啊，計程車很難叫啊今天。」

我邊抱怨邊上了大量減班後倖存的公車，好像有點幸運。

整台車只有擺著臭臉的司機跟我，他的臉臭到好像就是我本人逼他加班似的。

手機震了一下，房東傳了他女兒在圖書館打瞌睡流口水的照片過來，哇哇哇我最喜歡這張了，我忍不住用手指放大了好幾倍，把她開開的嘴唇看個徹底。不愧是除夕夜大放送。

下了公車轉捷運，捷運也搞減班，但我人品爆發，只等了五分鐘就上車了。

正好房東又傳了一張他女兒在馬桶上自拍的擠眉弄眼照，還迸出了一點點乳溝……哇，連這種都傳給我，難道是傷到神智不清了嗎？

我打給房東。

「還醒著吧？肋骨受傷不要呼吸太大啊，萬一咳嗽起來你會痛到瘋掉。」

「別吵，我正在挑照片！」

掛掉電話後我又收到了一張他女兒在看NBA公牛隊比賽的現場照，她一手拿著冰啤酒，一手掛在一個黑人女生的肩膀上大叫，花老爸錢花得很爽嘛！

然後是一張他女兒在公牛隊主場的聯合中心前廣場，那個超有名的麥可．喬丹銅像下面，借位用手指彈喬丹雞雞的怪照。我也好想去跟喬丹銅像合照啊！出國讀書好好玩的感覺。

我忍不住想，還是我跟爸媽唬爛說我申請到了國外最有名的醫學院，再搭配我申請到了全額獎學金好棒棒，他們一定很支持我出國讀書，其實我當然是窩在台北的山繆急診室存錢存技術。飛國外的機票那麼貴，他們的工作又這麼忙，肯定沒什麼機會拆穿我，加上現在合成軟體這麼厲害，我找幾張國外風景合成一下，足夠他們把照片拿給親戚朋友炫耀了。

至於更遠未來的……在菜市場附近開一間診所……嗯……嗯嗯……

我的手機震動，是房東女兒的兩張新照片。

一張是她跟幾個朋友坐在行駛中的大卡車後貨區，一邊抽菸一邊打牌。

一張是她站在寫滿數學公式的長黑板前面，洋洋得意跟一個老教授合影。

她的留學生活好像多采多姿，卻又不忘努力用功讀書，根本完美。

房東打過來。

「象山小子，你到底還要多久啊？」

「在捷運上了，很順利，幾乎沒有等到。」

「什麼順利！攔不到計程車嗎？」

「你不要緊張啦，我的桌上有幾本灌籃高手你複習一下，我瞬間就到了。」

「好好好，那你順便幫我買一點吃的，捷運第二出口一出去靠右手邊，那攤東山鴨頭幫我挑三百塊的份量，但是一定要有鴨頭跟米血，要是——」

「除夕不會出來賣啦！我頂多幫你看看小七有沒有關東煮。」

「操也只能這樣！幸好我在挑照片，說真的我女兒真的真的很可愛吧！」

「只能說你老婆長得一定像天使。」

房東大笑幾聲後果然開始咳嗽，活該一定痛死你了。

接著我又收到了房東女兒的黑人朋友嘻嘻笑笑幫她染髮中的照片，幾秒後我當然馬上就看到了下一張，她頂著剛剛染好的金到發白的新短髮，坐在空浴缸裡看漫畫的照片。

我走出捷運，那攤東山鴨頭果然沒出來賣。

在除夕夜加班的便利商店的男店員，是我平常最常看到的那個，他看起來心情意外的好，因為有一個沒穿制服的女生坐在櫃檯後面跟他一起加班聊天，那女生我也很常見，是其他時段值班的另一個店員。

這兩人什麼時候開始交往的啊？大過年的竟然偷偷約會。

「一共是一百二十五元，謝謝。」男店員結帳。

「新年快樂。」坐在櫃檯後面煮小火鍋的女生忽然說。

「嗯嗯嗯嗯……」我捧著關東煮在口袋裡摸硬幣，錯過了回應的機會。

門口還是那條半髒不臭的流浪狗，我把魚板放在地上，牠沒兩口就吃掉。

又一張照片傳過來，是房東女兒坐在黃昏沙灘上，屁股旁的沙子裡插著一瓶啤酒，她把頭埋進膝蓋裡，手上拈著一支許久沒抽的菸。看不到臉，卻很有表情。

走著走著，我不知怎地一直想到房東女兒埋在膝蓋裡的那張臉，走沒幾步，又折返便利商店買了一大瓶蘋果西打，跟一大串免洗杯。

氣喘吁吁爬了三層梯，總算走到租屋處的四樓頂樓加蓋，我房間正對面的那間凶房門是開的，細微的電子聲從裡面傳出。

我一手拿著關東煮，一手拿著特大瓶蘋果西打，看見門裡的房東坐在靠電視的椅子上，拿著手機對著正門口，笑嘻嘻地想拍下我進來的瞬間表情。

我瞪著房東。

沒有聽見喀嚓一聲。

倒是通訊軟體叮叮咚咚的訊息聲一直從房東的手機上發出。

我放下蘋果西打。

我放下關東煮。

應該想到，卻沒有真正想過。

房東會是我這輩子看到的，第一個死人。

8

不是沒什麼出血。

而是肋骨骨折的斷口刺穿了肺臟，大量出血都積在胸腔裡。

腳踝也不是只有扭一下，根本就跌斷了，膝蓋我猜至少也是從三樓以上直接摔落在水泥地的結果。要拖著這種廢腳，單腳拐啊拐的回到沒有電梯的四樓這裡，每動一下，胸口的劇痛就會加倍，不管重重摔落之前房東遇到什麼事，都不會有後面這段爬樓梯來得驚心動魄。

他用盡力氣回到這裡，要我救他一命。

真是不好意思。

「現在該怎麼辦啊？我已經吃飽了，關東煮還那麼多。」

我坐在只剩木板的硬床上，看著手上還拿著手機的房東，直到死前都還在選他女兒的照片傳給我，我只能腦補他至少心情滿不錯。

如果我在我家巷口馬上就攔到了計程車，來得及救他一命嗎？

如果是在山繆的勁爆急診室，不管有沒有山繆，或許真的有機會吧。

但在簡陋的這裡，我真沒辦法，房東會變成我第一個搶救失敗製造出來的死人。

「我買了蘋果西打，你想辦法用靈魂喝喝看。」

我倒了兩杯，我喝掉一杯，房東那杯放在他半身靠著的電視機上。

電視機上，放了一只寫了我名字的紅包，裡面有兩百塊錢。

我收下，說了謝謝。

房東的手機斷斷續續發出訊息聲。

我在房東的指縫中偷看，手機螢幕有上鎖，但可以看到最後一個浮在螢幕上的提示訊息。訊息顯然來自他的女兒，上面寫著：「你到底幹嘛不回！」

我從房東灰白眼睛的反射，看見自己在苦笑。

怎麼辦，現在是要怎麼回？

有點心酸啊實在是。

一般的狀況下，現在應該打電話報警，反正這個房間也不是第一次死人了。

但現在的情況絕非一般啊。

我肯定房東不是臥底，聽他鄙視黑道的語氣他大概也不是在混的。他在做什麼曉茹姊最清楚，但曉茹姊帶我去實習的急診室倒是來了很多黑道傷患。我可以肯定，活在危險的秘密氛圍裡的房東，不是黑道也不是白道，而是「另一種」。

一旦我報警，房東的手機就會被查扣，裡面的資料可能會讓曉茹姊倒大楣，間接的我也會有大麻煩……吧？至少我的爸媽就會被叫到警察局解釋我為什麼要在除夕夜回到租屋，而警察一調閱房東的通聯紀錄，他們馬上就會知道我說謊。而我為什麼要說謊呢？為什麼房東受傷不去醫院要打電話給我呢？催繳房租這種理由一定說不過去。好多好煩的連鎖反應都綁在一起，我一定還有很多沒想好的地方。

手機螢幕馬上又更新了訊息：「你再不回我試試看！臭老爸！」

別罵妳爸，妳爸死了。

在大過年的除夕夜，死翹翹了。

趁著房東手指還沒那麼僵硬，我小心翼翼取下他手中的手機。沒想到他的手指比想像中的難扳，我稍微用力的時候，房東的手指壓到了螢幕，解開了指紋鎖，一瞬間房東跟女兒之間的訊息往來全都炸開。

所有剛剛沒回應的訊息全都變成已讀。

「慘了。」我看著房東。

「……」房東笑笑，好像剛剛是他故意的。

手機震了一下，訊息跑出：「終於給我已讀！你從馬桶爬出來啦！」

我有種大難臨頭的感覺。

「到底！到底在幹嘛啦！年夜飯吃什麼啦！」房東女兒傳來。

我看著地上的那紙碗裝的關東煮，又看了看房東。

「我要看了喔。」

「……」房東笑笑。

「我真的要看了喔。」

「……」房東笑笑。

我拿起手機，深呼吸。

手指快速往下劃，用最快的速度瀏覽他們父女之間的對話紀錄。

我看見了自己的照片出現在今晚的對話裡——是那張我比YA的西瓜甜不甜！

「這就是我跟妳說過的那個人，長得很醜。」房東是這樣寫的。

「象山小子啊。」他女兒這麼回。

「對，醜吧！」

「是不帥，忽然提他幹嘛？」

「我跟他說，他如果每一次都按時繳房租，我就給他一張妳的照片，集滿十張——」

「幹嘛給他我的照片！你有病喔！」

「按時繳房租十次，集滿十張妳的照片，我就幫他寄一張照片給妳。」

「幹嘛寄給我！我馬上刪掉！」

「就我不小心被他偷看到妳傳給我的照片，他就被妳電到，哈哈……」

「哈個屁！」

「不要兇老爸，他連續十個月都按時繳房租，剛剛收集滿十張妳的照片……」

「到底是哪十張！」

「就妳最可愛的那十張哈哈，好啦隨便選都很可愛……」

「不要在那邊！到底是哪十張！截圖給我！」

原來如此。

房東大概是知道自己快掛了，所以就連續傳了好幾張他女兒的照片給我，唉，我打開手機數了數，今晚連續九張，加上之前第一張，還真的是十張整。

接下來的對話千奇百怪，房東問女兒現在美國時間幾點了有沒有記得找同學一起吃年夜飯，作業有沒有認真寫來不及寫的話記得抄同學的抄完了別忘了請人家吃飯以免下次抄不到，需不需要請家教老爸有的是錢千萬別客氣，記得不要隨便跟同學上床身體想要的時候不妨先自慰自慰一次沒辦法就自慰兩次兩次以後還是想要再找同學記得如果附近只有黑人同學幫忙的話要先吃止痛藥。

女兒叫房東老爸把房子便宜租給他想追的女人比較好到手，每天都會叫房東拍晚餐讓她檢查會不會吃太多澱粉，叫老爸嫖妓的時候一定要全程戴套而且拜託不要嫖太老太醜的嫖妓是解決慾望不是去布施的，問老爸有沒有收到她從美國寄的不含氟的牙膏以免得老人痴呆症而且刷牙以後一定要用牙線不能偷懶，大便大完了就離開馬桶不要一直蹲著玩手機會痔瘡。

哇真的是無話不談的父女。

「你讀了幹嘛不回我？你該不會大過年又給我跑去嫖妓倒數了吧！」女兒又傳。

我看了一下房東。

房東這時候的表情倒像是換他苦笑了。

我歪著頭：「大過年的，我幫你隨便回一下？」

房東苦笑：「……」

我回想房東打字的語氣，試著寫下：「被發現！哈哈……」

女兒秒回：「都除夕了，妓女是不用回家吃飯嗎？你還搞人家，你有沒有良心！」

我打回：「過年還是會有一些無家可歸的老殘窮妓女啊，懶叫進得去，精液噴出來，大家過年互相取暖嘛……」

房東苦笑：「……」

女兒：「你有記得跟人家說新年快樂吧？」

我笑了出來，快打：「有啊，還一邊幹一邊合唱恭喜啊恭喜發呀發大財……」

房東苦笑：「……」

女兒：「當年你對媽有像對妓女那麼好就好了。」

哇靠，這句好難回！

靈感靈感！我需要靈感啊！我張大嘴巴看著房東！

我顫抖地打下：「應該說，如果當年妳媽對我，有像妓女那樣對我就好了……」

手機那頭遲遲沒有傳來任何字，令我焦躁難耐。

過了三分鐘，房東女兒終於回傳簡潔扼要的兩字：「也是。」

我鬆了一口氣。

女兒又傳來：「媽是媽，妓女是妓女，但你都沒有問我年夜飯打算吃什麼！」

媽當然是媽，妓女當然是妓女，井水不犯河水，但跟問妳吃啥年夜飯有什麼關係？

我看了房東一眼，試著進入他們父女對話的白爛風格，快速打下：「吃什麼都好，別吃黑人同學的懶叫，小心噎死……」

房東苦笑：「……」

女兒：「誰要吃那種東西啊白痴，你還沒說，你剛剛年夜飯跟妓女一起吃的嗎？」

我想了想：「別老是嫉妒那些妓女可以跟老爸吃年夜飯，操完了就走，多無情啊，等妳畢業了換我們一起吃啊！到時候老爸親自做東西給妳吃……記得啊不管老爸做什麼，妳都得給我吃下去啊……」

女兒：「是啊為了跟你吃年夜飯，我還得去當妓女先是不是？」

我肯定是面目猙獰地打下這一段字：「說到哪裡了虧妳還是念哲學系的，邏輯亂七八糟，不管妳是妓女還是不是，都是老爸的好女兒。不說了，我繼續大便。」

我想暴力結束對話，沒想到房東女兒繼續痴纏，簡直是中邪。起先我還抱著腦力激盪的決心在扯爛，後來越聊越離譜，我也就邁入了昏迷亂蓋模式，直到天都快亮了，我真的想大便了，房東女兒才說她要跟同學出去吃飯了掰掰。

冒充別人說話好辛苦，比動馬拉松手術還累。

我打給曉茹姊，簡單說明了狀況。

「確定他死了？」曉茹姊的聲音很惆悵。

「我在他旁邊跟他女兒聊了一整晚，他完全沒動，當然是死到不能再死。」

「你很懂事，知道不能報警。」

「我們在做的事沒一件可以見光的吧。」

「那你打算怎麼處理？」

「啊我怎麼會知道，當然是妳告訴我啊。」

「我記得那裡有一個浴缸對吧。」

「……靠。」

「知道要罵髒話，就表示知道該怎麼做。你先動手，晚點我去找你。」

「我的天啊真的假的？妳不跟我一起？」

「我不方便吧。新年快樂，象山小子。」

「哪門子的新年快樂。」

我真是超後悔知道浴缸的用途。

長期在租屋動各種手術，什麼工具都不缺，技術我也有了，剩下的就是精神層次的問題。態度決定高度，我抱持著積極正面的想法，把房東拖到浴缸裡，脫光他的衣褲，向他深深一鞠躬。

「你是我第一個傷患，也是我第一個大體老師，房東謝謝。」

我仔細解剖了房東，看清楚了人體每一個內臟，用鋒利的手術刀沿著肌理的線條，莊嚴地切下他每一塊肌肉，非常有條理地放在不同大小的垃圾袋裡。

想了想，我切下房東的右手食指，冰在冷凍庫裡。

「在我想出你徹底消失的理由以前，我得跟你女兒多聊幾句，你懂的。」

整顆頭好好放在洗手台上的房東，依舊笑笑地看著我，想必是十分理解。

我想起房東曾經跟我說的話。

「你說過，是人必有一死，不管怎麼死，人死掉以後，就會回歸大自然，變成地球五元素，金木水火土，這些都是很自然的。你放心，雖然你覺得浴缸還可以，但我還是覺得浴缸不算是大自然的一部分，等我睡飽醒來，我會想好你屬於哪一種大自然。」

我回到自己的房間，將五個紅包放在枕頭下，一秒睡著。

9

曉茹姊叫醒我的時候，已是大年初一的下午兩點。

她呆呆地拿了一杯巧克力星冰樂，站在床頭看著我，全身發抖。

為什麼全身發抖？

「我叫你幫他洗洗身子，讓他乾乾淨淨地走，結果你把他切成一塊一塊？」

曉茹姊難以置信地瞪著我。

「真的假的？妳不是叫我分屍！」我大吃一驚。

「浴缸是拿來洗澡的，那不是常識嗎？」曉茹姊原來是氣到發抖：「虧我還去買星巴克來給你！大年初一你知道每一間星巴克都爆滿嗎！」

「我真的非常累了。」我真的不想挨罵，連身體都坐不直：「妳到底要不要幫忙？」

我們一邊喝星冰樂，一邊把大大小小的房東提下樓，放進曉茹姊開的車。

上下樓梯了好幾次，總算搞定。

「去哪？」抓著方向盤，曉茹姊咬牙切齒地問。

「妳不是早就決定好了嗎？」我捧著裝了房東頭顱的塑膠袋。

「是！我本來要開去我朋友開的火葬場！但你房東也是我朋友，我拿著被分屍的朋友去我另一個朋友開的火葬場，我那個朋友會怎麼想？他一定會覺得我對我朋友超爛！為了怕被發現還特地把他剁成一塊塊的，你說，我怎麼面對我那個朋友？」

「你們大人真的很麻煩，在面子問題上掙扎太久了。」

「我說……你房東對你不錯吧？你怎麼有辦法把他切成一塊塊的然後去睡覺？」

「算了算了，都我在忙，都妳在罵，真的是有夠雖小。那妳就開去……」

不管最後要開去哪裡，我們都先停在小北百貨，曉茹姊買了一些很明顯是要去深山挖洞棄屍的工具，我則買了一些紅蘿蔔的種子。

曉茹姊開車就往山裡走，開了一陣子我才發現是要去象山。

嗯嗯嗯我知道一定是我的綽號給了曉茹姊棄屍地點的靈感，但這也夠穢氣的了。我想開口阻止曉茹姊，但她的臉臭得像嘴裡被硬塞大便，我想想算了。

房東的手機震了一下，我拿起房東冰冰的手指解鎖。

「我的天！年輕人！你到底是哪裡有毛病！」曉茹姊抓著方向盤大叫。

「我是在幫他跟女兒聊天好嗎？不然大過年的……」我超無辜。

「你要解鎖，可以在設定裡新增你自己的新指紋啊！」

「……對喔。分屍太久，分到恍神了。」

我把房東的斷指放在喝完的星巴克塑膠杯裡，新增了自己的。

房東女兒傳來她昨晚跟一大群剛認識的朋友在夜店狂歡的照片，我簡單回覆了一下驗孕棒的正確使用方法。

曉茹姊沒有過問簡訊的內容，只是越開越快。

我雖然叫象山下智久，但象山我一次也沒爬過。曉茹姊開的路大概有點特殊，雖然象山位於台北市，好像是一座很常被人爬的山，但車子不知不覺駛進了一條沒什麼人煙的山徑，越開越荒涼。

「妳該不會連我都想幹掉吧？」我看著窗外的一片荒蕪。

「要幹掉你就不會大費周章送你去實習了。」曉茹姊停車。

我不懂風水，但這裡的風景挺好，視野極佳，可以毫無障礙地直擊一〇一大樓跨年煙火，現在又是大年初一，時辰也無可挑剔。我們認真挖了一個大洞，將房東一袋袋倒了進去。

我在電視上看過，棄屍最重要的是把手指、顱骨跟牙齒弄爛，因為這三樣東西最能幫助警方拼湊出死者身分。我知道曉茹姊肯定更熟悉，但她一句話也沒提醒我那三樣東西得另外處理，想必是很尊重房東是她的朋友，希望盡可能抱持屍體拼圖的完整性。

把土蓋好，天都黑了，我們都餓到沒辦法產生任何感覺。

我在覆蓋的新土壤上，慢慢澆落昨晚沒喝完的蘋果西打，然後撒下我剛剛買的紅蘿蔔種子。曉茹姊看了，也隨手要了一點撒。

「這什麼？」曉茹姊什麼都不知道，就學我這樣撒來撒去。

「紅蘿蔔的種子。」我解釋。

「我不知道他很喜歡吃紅蘿蔔。」

「他？我不知道。但他女兒很喜歡。」

我們雙手合十，各自壓低聲音跟那堆土墳說話。

向房東拜年，也拜別。

我說房東啊，謝謝你的新年紅包，雖然只有兩百塊但還是很棒。國中理化就有教過，化學反應速度跟接觸面積成正比，我幫你仔細切好了，面積比一般屍體大了十倍以上，你會用比別人快好幾倍的速度變成大自然的五元素，金木水火土，然後看你是要變鬼去報仇，還是投胎，還是要變成紅蘿蔔，都好，都是你好棒棒的心願吧。

「然後呢？」我看著曉茹姊：「不是該燒金紙嗎？」

「提醒來爬山的人這裡埋了死人嗎？」曉茹姊蹲下，憐惜地摸摸土堆。

不燒就算了。

總之，希望這裡長滿了你女兒最愛的紅蘿蔔。

回程的路上，我們血糖低到沒辦法說一句話，曉茹姊還差點開去撞樹。

直到在麥當勞的得來速買了一堆漢堡薯條跟巧克力奶昔後，心情漸漸好轉的曉茹姊終於說起了我好奇很久的事。

「過年前，山繆走了。」曉茹姊直接將一把薯條塞進嘴裡。

「他怎麼沒跟我說！」我愕然。

「走了，又不是從此以後都不回來。」

「那我以後還可以去那間急診室嗎？」

「不行。」曉茹姊想都沒想。

她說，那間急診室並不是山繆開的，是某幾個關係友好的黑幫共同成立的緊急醫療單位，主刀的醫生都是黑幫聘雇，如果黑幫成員受傷了，出於某些原因無法送到跟黑幫有掛鉤的大醫院急診，就會送到快炒店樓上的密室處理，除了避免警方往醫院找人，最主要還是避免黑幫火拼後的趁傷尋仇。

即便黑幫有固定的收益，養得起這樣的高級急診室，也得要有主刀的醫生，但不是每個厲害的醫生都願意跟黑幫交朋友，所以從世界各地聘請擁有實際經驗的無照醫生，也是黑幫常用的徵才手段。

山繆跟台灣黑幫有些淵源，每隔幾年都會來客串幾個月，過一點不需要怕流彈波及的好日子，賺賺現金，維持手藝。而那間急診室也不是山繆唯一在台灣主持過的手術房。

「但房東強調過他不是黑幫。」我吸著番茄醬。

「他的確不是。」曉茹姊刻意抬頭，看著紅燈：「他是殺手。」

房東是職業殺手。

一個跟出色無關的職業殺手。

「很多厲害的殺手都有自己的特色，雖然極少人看過他們的模樣，但說到飛刀，很多人都會想到燕子。說到槍，以前有個叫番茄的男人強到翻天，最近跑出一個自稱火魚的新人。說到拳頭，就會……」

說到拳頭，就會想到一個比鐵還硬的男人。

想到正義，所有人都知道那個架設獵頭投票網站的月。

雖然很弱，但一聽到吉思美這三個字，心裡就會一陣溫暖。

騙人騙心最後騙命無數條，絕不說一句真話的歐陽盆栽。

寂寞是每個殺手共同的名字，在寂寞後面加個最高級est，唸作不夜橙。

即便只是運氣，幸運也是比大分小的，底牌最狂的人可能叫阿樂。

這行的瘋子特別多，但腦子有病這點，不會有誰看得到Mr. NeverDie的尾燈。

有個英文字母，許多江湖中人一聽到就會無限肚爛——G。

「房東沒有叫得出口的特色嗎？」一堆名字下來，我聽得有點出神。

「沒有特色，也不厲害，最明顯的特徵大概是最近特別缺錢吧。」

「他要養女兒出國念書嘛。」

「你的房東一開始是我的顧客，後來不知道哪根筋不對，就試著宰人賺錢。一開始那幾年他幹得還可以，也練出一點身手，但也只是還可以而已。後來老了，肚子又大，受的傷太多了……」

「嗯哼？」

「我就更認真幫他過濾案子，找一些比較好執行的目標給他。以結論看來，沒想到那些案子對他來說還是太困難了。」

「住我對面的那個被溶解的老太太，就是房東殺的嗎？」

「為她感到不幸，但不是。活人被溶解成奇怪的液體，卻沒有任何臭味，在台灣不只發生一次了，目前沒有人確實知道是怎麼回事，基本上算靈異現象吧。全部的房客搬光了只剩你，也害你房東得找更多賺外快的機會。」

我忽然意識到：「那妳呢？妳厲害嗎？」

「我不是殺手。至少現在不是。」曉茹姊用拙劣的正經表情，掩飾意義不明的笑意：「我是殺手經紀人，手底下有幾個殺手長期合作，我負責接案，偶爾幫忙蒐集情報，或至少找到可以幫忙的專家。他們殺人，我抽成，跟我合作的有一兩個在江湖上叫得出名號，我養老得靠他們。」

「妳還要負責殺手的……身體健康。」

「是這樣沒錯。」

曉茹姊解釋，很多人都會雇用殺手，所謂很多人，比我想像中的還多——例如房東以前也是她的顧客，看起來都滿正常的。黑幫算比較不正常，卻是曉茹姊主要的大客戶。

黑幫之間常常因為各種理由打來打去，黑幫有的是人，有的是火力，但為了不留證據，也為了不傷表面的和氣，有時候也會私聘殺手去幹掉敵對黑幫的重要人物，要知道，一個頂尖殺手的戰鬥力幾乎等同於一個小幫派的火力，殺手可說是黑幫火拼下的棋子，但也是讓黑幫頭痛的爭議人物。

所有的殺手都與黑幫保持距離，那幾乎是一種格調。

而殺手的醫療後勤，絕對不能跟黑幫一樣，否則很容易被黑幫掌握。

「沒有立下真正的規矩，不過會幫殺手動緊急手術的，幾乎都是獨來獨往的怪胎，有的是牌照被吊銷的黑市醫生，有的是在大醫院手術房負責幫醫生遞手術刀的助理，有的是連環殺人魔……端看那一陣子他是比較想殺人還是想救人。」

「幾乎的意思……」

「其實不是幾乎，是百分之百，每個幫殺手急診的密醫，百分之百都是怪胎。但好的怪胎，少之又少。」曉茹姊慢慢吃著薯條：「我有幾個一樣在當經紀人的朋友，遇到好合作的怪胎，我們會互相介紹，讓怪胎幫忙受傷的殺手做緊急手術。」

一年半前，那個常常幫殺手動秘密手術的好怪胎，心肌梗塞翹毛了。

一堆殺手經紀人叫苦連天，這個時候，啊不就好厲害的我出現了。

為了讓手底下的殺手得到最好的服務，曉茹姊用了一點關係暫時加入一個小幫派，拿到了黑道急診室的門票，得以魚目混珠送殺手進來。山繆欠過她的情，也就不戳破她，還讓她送了我進去學手術。

現在山繆回到五星級的戰地敘利亞了，曉茹姊打算動用一點籌碼脫離黑幫。黑幫嘛，一堆壞蛋啊，退出大概不會很順利，但她自認有的是辦法，要我不要假裝關心。

「問題來了，我不是怪胎。」我大概是聽懂了。

「你是怪胎。」曉茹姊咬著薯條：「我期許你會是一個好怪胎。」

我正要開口反駁，但我忽然看見剛剛忘記拿下去丟的星巴克塑膠杯裡，漂著房東的斷指……或許一個會在除夕夜抱著恭敬的心靈把房東分屍成一塊塊，又幫他跟女兒笑呵呵聊到天亮的人，好像真的是怪胎吧。

「妳把所有我不該聽的秘密都說給我聽了，我講出去了一定會死，對吧？」

「我不喜歡威脅別人，你又何必自己腦補呢？你跟我們已經在同一個世界，這才是重點。象山小子，從現在開始你就是我們仰賴的怪胎醫生，我們之間隨時都可以增減規矩，重要的是——彼此信任。」

「我要做的，就是隨時接任務，跑出去搶救殺手對吧？」

「是，我那些經紀人朋友以後都會有你的聯絡方式，他們接應你的方法也不會一樣，你盡量配合大家的怪癖就對了。」

「有些手術不得不依賴高級一點的設備，妳明白吧？」

「之前那個忽然死掉的黑市醫生也在廚房弄了一個簡陋的版本，洗手台之類的，至少方便清洗。好，我們會弄一點像樣的設備到你的房間，搞一搞，但不會有山繆那間那麼完整，因為殺手的行蹤飄忽不定，尤其是受傷的殺手疑心病特別重，如果你的手術房變成一個固定的點，容易被埋伏，你倒楣，殺手倒楣，大家都倒楣。」

「沒有手術房，啊不就好簡陋？」我好失望，我幾乎要變成設備控了說。

「山繆在戰地救人，他人在哪，醫院就在哪，你跟了他那麼久，多多少少也要學到像他那種……我就是救得了你的那種霸氣。你要打包常用的手術配備，隨身帶著，上學也放進書包裡。」曉茹姊頓了頓：「那件附中的假制服也一併放進去吧。」

好吧，山繆的確就是那麼帥，那麼黑，那麼無敵。

設備隨時都在更新，反而是人體的機能漸漸變老，山繆讓設備幫助他，而不是受制於設備的不足無法施行某些手術，快炒店樓上的設備再多都不會有台大醫院多，但山繆就是用經驗繁衍出創意，再用驚人熟練的手藝駕馭那些離譜的創意，救了無數牛鬼蛇神。

「那至少不要把設備弄在我現在的房間，改在有浴缸那間，比較方便。」

「行。」

曉茹姊慢慢靠邊停車。

不是連死兩人的租屋大凶宅，而是我三娘一爸的家。

「記得山繆常常說的那句話吧。」

啊不就好記得，我只能點頭：「越是在設備不足的地方，越能看見最有才華的人。」

我把裝了房東斷指的星巴克杯送給了曉茹姊：「新年快樂。」

曉茹姊皺眉收下：「還說你不是怪胎。」

大年初一，萬象更新。

口袋裡房東的手機又開始叮叮咚咚了。

關於我雙重身分的故事，好像才正要開始……

燕子

「關於我的雙重身分……我再強調一次，我一點都不喜歡我的雙重身分。」

「我聽妳在喇叭，上個禮拜妳可不是這麼說的。」

「……妳確定？」

我真想果斷否認隱藏式耳機裡的吐槽，可惡的是我一點也沒把握。

充滿香料味跟濃厚古龍水氣味的攤販街上，經過我身邊的每個男人都用色色的眼睛看著我，有的還假裝被擠得沒辦法只好靠過來，擦一下又撞一下我的肩膀，超煩！還有人趁機深呼吸吸我的髮香！超噁！要不是我發誓絕不做虧本的事，我一定……

「我非常確定，那時妳在加勒比海的遊艇上，說妳非常滿意一邊拿著紅酒杯一邊確認目標在甲板上曬太陽的日子，簡直就是……」耳機的那一端根本在冷笑。

「簡直就是無可挑剔的人生，嗯嗯好啦好啦！好像有這麼一回事……不過那是因為！不管是誰在加勒比海的遊艇上參加派對，都會覺得可以靠這份工作到處旅行非常棒好嗎！」

我看著一個看似天真無邪的小男孩在跟一個金髮遊客乞討零錢，另一個小鬼趁機摸走那個遊客的皮包。嗯，我說這個小朋友多餘的動作還是太多，要不是那個遊客屁股太肥肯定會發現的好嗎！

「不要盯著他看，會害他被逮到。」

隱藏式耳機上面，有一個針孔攝影機，我看到什麼另一端的她也會同步看見。

「是是是。要不是我趕時間，我就去偷那個小鬼剛剛偷來的錢包，然後再替他好好上一課真正的街頭謀生技藝。做什麼都要鑽研到最好！」

「沒妳的事，不要講話老是那一副大媽口吻。還有妳真的很誇張，在這種國家這種天氣穿風衣，不惹人注目會死嗎？」

「這件風衣很薄很透氣好嗎？而且穿得美美的比較沒有工作的感覺啊。」我忍不住摸了一下微微豎起的衣領，質感真好。

「我看妳的確是沒有工作的自覺。注意一下左邊，那幾間賣香料的攤位後面。」

嗯，跟鬼子提過的一樣，左手邊香料攤位後面，有一條彎彎曲曲的巷子，我瞥眼遠眺，巷子深處有一間剛剛打烊的菸鋪。

菸鋪外有個瞎眼老人坐在貼滿廣告紙斑駁鐵門外的板凳上，吹著口琴。

只是幌子。

「考考妳。」耳機那一端又想羞辱我了。

「儘管考。」

「菸鋪附近共有幾台隱藏式監視器？」

「四台……等一下，六台！」我很快數了一下。

「十二台，其中一台正對準妳那個方向，妳別往裡面看得太明顯。」

我哼哼，在那幾個香料攤子前面、再前面、更前面的一間小店，推開了門。

那是一間賣各式各樣咖哩快餐的小店，雖然點了一定沒時間吃，但我還是忍不住研究了一下那張油膩膩的菜單，煞有介事地思考了一番，點了一些小東西。

把錢先放在桌上，我就假意去了洗手間。洗手間在小店後面的院子旁，我輕鬆踏上一道矮牆翻上了樓，上樓又上樓再上樓，片刻就遠離了咖哩小店。

沿著高高低低的屋頂小跑步，朝著菸鋪子後面的方向，完全沒有停下片刻。

距離熱鬧的市集越來越遠。

「等等。」耳機那一邊提醒。

我停在一堆曬衣架晾的大棉被後，蹲低身子，往下看。

菸鋪子後面有一條由上百個廢棄貨櫃堆疊出的鐵皮怪巷，排列的方式看似沒有章法，完全遮蔽了天空，也不曉得確實的出入口，看起來只是另一個大型貧民街區的無限繁衍物，誰會想到那裡竟然暗藏了一個黑市人口買賣的倉庫。

我從口袋掏出一個無線網路強化器，拔出一個小天線，放在陽台角落，啟動。

大家都說，以前的年代根本沒有監視器，就算有，也是寥寥幾支，根本用不到鬼子這種幫忙清理路障的輔助角色……那不就好無聊，我很喜歡一邊工作一邊講話的感覺，很像在跟閨蜜逛街啊。

「妳先觀察一下地形，休息一下，給我十分鐘搞定那些監視器。」耳機傳來。

不外乎就是無限重播一些毫無可疑的側錄畫面吧。

而且我哪有什麼好觀察的啊，看來看去都是一大堆貨櫃的鐵皮上蓋啊，亂七八糟的勾當就是不想被拍到才會通通藏在裡面嘛，什麼都看不到。

我慢慢坐下，盯著曬衣架上棉被的藍色花紋。

「剛剛那間店的東西聞起來好香。」我咕噥，整個心不在焉。

「做完事就可以好好大吃一頓了。」鬼子好像一邊打字。

「又不可能在剛剛那間吃。」

「那就換一間吃啊，一定會有更好吃的。」

「又不一定，如果剛剛那間店的咖哩飯是世界上最好吃的，那我要怎麼吃到更好吃的？它就已經是宇宙第一無敵好吃的啦！我、錯、過、了！」

「我聽妳在喇叭。」耳機那端的聲音很欠揍：「而且要不是妳因為要做今天這張單，根本不可能飛來這裡，也就不可能碰巧經過那間小店，所以妳抱著感激的心情，有聞到就好了。」

才不是碰巧經過。

咖哩飯可是我的最愛……之一。剛剛那附近有很多間店，也不止一間咖哩店，我就是非常刻意用鼻子選了一間最香的進去，鬼子怎麼可以把它形容成一間只是被我借廁所抄路的普通一般店呢？

說到咖哩飯，飛來這裡之前，阿樂陪我吃了半個台北的咖哩飯，都沒吃到特別好吃的，快氣死我了，看我臉色那麼難看，還不快點跟我說下次一定會帶我吃到更好吃的，只會在那邊說一些沒關係不然我們不要吃咖哩飯好了改吃海鮮丼飯怎麼樣？

什麼怎麼樣？就超級有怎麼樣的好嗎！

如果海鮮丼飯等於咖哩飯的話，海鮮丼飯就不用被發明出來了啊！

我更氣的是，明明我也很喜歡吃海鮮丼飯，但被阿樂這麼一說，我只要一想到海鮮丼飯就有氣。後來我們真的去另一間店，在中壢，就大家都知道很好吃的那間，我故意點一碗最貴的無敵海景海鮮丼飯然後說唉呦喂呀我好像突然不餓了耶想氣死他，結果阿樂就說……好喔好喔。

好喔什麼啊？

然後你知道嗎？

他就說他剛好很餓，所以就一個人吃光光兩碗無敵海景海鮮丼飯！

我真的快被他氣死了，他還一副被我餵飽了好幸福的臉。

「都不說話，妳該不會又在想阿樂吃了妳那碗海鮮丼飯的事吧？」

耳機那一端的鬼子忽然開口。

「對啦！他吃了我那碗，還一臉好好吃，徹底惹毛我了。」

「妳不是說妳不餓嗎？」

「我餓還是不餓，他是不會察言觀色嗎？我是在撒嬌還是在說氣話，他難道都看不出來嗎？而且他都不給我留一口，一小口也沒留耶！害我覺得那碗被他吃光的海鮮丼飯特別好吃！」

「……我覺得阿樂好可憐。」

「我最可憐！我全家都最可憐！」

現在我開始想吃海鮮丼飯了，超級想，而且一定要去中壢最有名的那一間！

就在我默默抱怨的時候，我聽見耳機那端傳來拍手的聲音，想必是搞定了。

「弄清楚了，妳要去的貨櫃就是上面那幾個有塗紅色骷髏的區域，那是蜻蜓幫的地盤標示，妳可以從妳的左邊沿著樓板跟竹竿向下，沿途的監視器當然都瞎了，等一下妳會看到一道鐵閘門，從我這裡看不清楚是什麼顏色，可能有鎖……」

「我會開。」

「好，打開以後妳會看見一條他們用來堆……」

鬼子慢慢說起了巡邏混混最少的路徑，我雖然聽得有些恍神，但腦子裡還是自動跟著鬼子的導覽畫出了五種顏色貨櫃區的構造，好像我已經在裡面潛伏了一個禮拜。

從小到大我連一秒鐘都沒有迷路過，這種腦內GPS對我來說只是一塊蛋糕。

「目標在裡面玩牌，妳別急，他們邊玩牌邊喝啤酒，每個人的腳邊都堆了好幾個空瓶。妳就趁他去後面尿尿的時候把他幹掉就行了。我估計如果他完全沒發出聲音的話，妳有至少十分鐘的時間可以循原路離開。」鬼子提出建議。
「我還要等他自己想尿尿？」我有點生氣。
「妳不想加班的話，就躲在廁所等一等吧。」
「誰也別想拗我加班！」
面對聽起來很黑暗的人肉市場，器官買賣、後天殘障乞丐製造當然也通通包在裡面啦，但其實這是一個很小很小的單子，主要是權哥哥聽我說我想出國做事比較有度假的感覺，才勉為其難接下來。
下單的人，是曾經待過這個貨櫃裡的一個女人。據說只待了兩個月。
女人還沒被賣到貨櫃區以前，過著什麼樣的人生，不清楚。
但來到貨櫃區以後的日子就註定悲慘了。
貨櫃區裡面多的是被幫會暫時圈養起來、待價而沽的一大堆女人，還有負責看守她們的一群小混混，他們除了荷槍實彈不讓那些女人逃走，無聊的時候也會用他們的髒老二欺負那些可憐的女孩。各式各樣的變態要求，美其名職前教育，噁心死了。
離開不見天日的貨櫃區以後，那可憐女人靠出賣皮肉偷偷攢下來的一點零錢，存了四年，總算是存到了一筆正好夠我丟出一柄飛刀的價碼。
那個可憐女人，百分之一百萬是很不爽在貨櫃區那一段被亂搞亂揍的苦日子，她指名要幹掉蜻蜓幫裡面，一個左邊眉毛上面有藍色星星刺青的男人——務必讓他死得非常痛苦。其實那個眉毛刺青男也不過是當年看守她的人之一而已，但那女人存的錢只夠殺一個人，想必就精打細算，選了其中一個當初對她最壞的人渣吧。

只是那個可憐女人再怎麼精打細算，她都只出得起殺人的價碼，而我從台灣飛來這裡的來回機票，加一個禮拜的飯店住宿，她錢不夠。

錢不夠，那張小單子就在權哥哥的手上擱著，一擱就耽誤了大半年。直到我上個禮拜碰巧要來這個國家出任務，那是筆報償豐厚的大單，機票加飯店全包了，那案子一結束，權哥哥就叫我順便把那可憐女人的小單子一併結了，就當作是舉手之勞。

好好好，我當然也覺得她很可憐啊，不過幹我們殺手這一行的本來就是拿多少錢做多少事，我們要是自以為是正義使者就完蛋了，最後一定很假很累又很糟蹋心情。

說到這個，一定要說說那個殺手「月」！大家好像都很喜歡他，覺得月搞出一個獵頭網站讓全民公投，誰該死他就跑去殺誰，弄得月好像是全民殺手一樣，明明只是殺手，而且又超級賺錢，卻被當成國民偶像，面子裡子都拿，真是夠了。

「不要發呆了，開始動作吧。」

「我才沒有在發呆。」

我不是跑酷高手，但單純順著樓層之間的高低差不斷往下跳，只要選對地方著地，用配合巧妙的姿勢，幾乎不會發出一點聲音，對我來說一點也不困難。

很快，真的很快，我已來到了那些被貨櫃遮蔽住天空的人肉市場存放區。

我對每一個經過的監視器都豎起了中指。

「別幼稚了。」鬼子聽起來像是回敬了白眼。

「我快到了吧？」我好像聽見打牌的聲音。

不等鬼子回應，我就閃進了廁所。一間有夠臭的半開放廁所。

地上至少有四條完全不知道為什麼不好好對準洞口拉出的大便，其中一條碎掉的大便上面還有腳印。打從一開始就沒打算射進小便斗的尿水，積了一地，尿水多到足以倒映出我的臉。

這絕對不是我經過最糟糕的廁所，卻是一間我不知道要待多久的爛廁所。

「很臭吧？」

「……」我不想開口，以免髒空氣跑進我嘴裡。

「妳盡量想一些快樂的事，用高尚的思想抵抗肉體的屈辱。」

「……」

屎尿很臭，但絕對沒有我的臉臭。

「想想那碗跟妳錯身而過的咖哩飯，是不是比較沒有遺憾了呢？」

「……」

去死去死！說什麼風涼話啊！

說到風涼話，我又想起了阿樂。

上上次我跟阿樂一起去宜蘭玩啊，他特別租了一台車我是很高興啦，但從他到我家樓下接我、一直到我們去麥當勞得來速買早餐、再開完整條塞塞塞的雪隧，他竟然完全沒有發現我特地做了腳趾甲彩繪！

我知道你一定以為我在刁難阿樂對吧！兩個人都坐在車上他是要怎麼發現我做了腳趾甲彩繪對吧？

我就知道你會這麼以為！

你一定是男生！

其實我當時的姿勢一百分約會，我把鞋子脫了，光著腳丫子蹲坐在副座上，還一直把腳趾扭來扭去，就是在誘惑阿樂看我的腳趾一下下。

結果呢？他一邊開車一邊唱歌，還一直把頭忽然擺向我，要我跟他雙人合唱。

我知道雙人合唱很甜蜜，但他放的是羅百吉的Friday Night我是要怎麼合唱，拜託那首歌很老耶！在去宜蘭那趟以前我連聽都沒聽過！而且在雪隧裡面根本收不到訊號我沒辦法GOOGLE完整歌詞，只能做到跟阿樂一起重複Friday night is the night耶耶！耶耶！

好好好我回去會好好練唱羅百吉，我脾氣這麼好，再加上熱戀我當然是沒跟他計較，我還一邊餵他吃薯條一邊用很撒嬌的語氣跟他說，唉呦你這個人神經很大條耶，都沒發現到我閃亮亮的美人魚系列腳趾甲彩繪！

你知道他說什麼嗎？

阿樂說，呵呵，反正又看不到。

哈囉！請問「看不到」是什麼意思？

我沒有穿包鞋，穿涼鞋跟你約會，怎麼會看不到？你開車注意安全沒辦法把視線射進副駕底下，我就把腳直接縮在椅子上給你看，還一直動腳趾，你平常殺人的時候都用眼角餘光在掃瞄有誰躲在角落偷開你槍，你的眼角餘光明明就超強！然後你告訴我你——看！不！到！

更嚴重的是，哈囉，請問「反正」又是什麼語氣？

反正聽起來超鄙視的好嗎！反正就是一種我心眼很小、全部都你最厲害！

更糟糕的是，阿樂被我這一提醒，他只稍微看了我的腳趾一眼就慌慌張張地說，很好看啊，真的很好看啊，好可愛喔真的好漂亮喔。然後我把腳遮住，問他請問我到底畫了什麼主題在腳趾甲上，阿樂他竟然張大嘴巴說不出來，還岔開話題說反正就很好看就對了——又給我反正！

反正什麼啦！

我辛辛苦苦趕在約會前跑去做趾甲，不就表示我很重視跟你的約會嗎？不就是讓自己更漂亮，讓你跟我約會的時候更開心一百倍嗎！到底有沒有概念現在厲害的美甲師真的很難約，我排超久的好嗎！

結果，是，你當然又猜對了，阿樂就是一直道歉，要不是他正在開車我看他真的會跪下來。我小氣嗎？我再怎麼小氣都是一個熱戀中的少女好嗎？我看在阿樂一直拜託我再給他看一次腳趾甲、這次他一定會努力記住我費心設計主題的份上，我就哼哼哼給他看，還搞笑！我還搞笑喔！我裝作剛剛的生氣是假的，只是撒嬌，但其實我超怒！

下車以後，他請我吃很有名那家花生捲冰淇淋，我心情滿好的還一直開玩笑要踩他的腳，他也想踩我的，本來想互相踩來踩去，結果我們兩個人不愧是職業殺手真的都太厲害了，所以都彼此踩不到還差點跌倒被車撞，很好笑，滿約會的啊，我心情就好了。

我棒棒！

正當我快要百分之百原諒阿樂，真的，那時候我真的快要完全原諒他的時候，我們剛剛好走到要給小魚吃腳皮的那一大排泡腳店。我有做功課，早就選好了一間在網路上看到評價最高的，五顆星，號稱有最多種小魚、要大魚也保證它那間最大不然就退錢，一進去，我就很開心啊，沒想到我一把鞋子脫掉，興沖沖把腳放進水裡，才一秒，正要拿起手機拍小魚吃腳腳的時候，阿樂突然大叫！

他說什麼我剛剛做好的美甲塗料含有微量甲醛，可能會釋放有毒物質，對小魚不好，就算小魚沒有馬上死掉也可能會影響小魚未來的生育能力！

誰知道啊！丟臉死了！

雖然阿樂馬上又灰頭土臉向我道歉了，但我一想到我的美甲可能真的會不小心殺死小魚的時候我就好生氣！我不知道就算了！我現在知道了我怎麼可能還把腳放回去啊？我連一張照片都沒拍耶！附近正在泡腳的大家都在看！好像我是一個專程跑來用美甲殺小魚的壞女人！

我當場就哭出來啦。

我真的哭得驚天動地，我真的很傷心！

這個時候任何一個白痴都知道要哄哄我，拍拍我的背，說一些好啦好啦其實小魚滿強壯的不會怎樣，要我安心，把腳稍微放進去一下下拍個照而已，小魚不會這麼脆弱就死掉之類的，應該要這樣安慰人吧？

結果阿樂竟然用力抱住我，說我真有愛心，說他因為我捨不得殺小魚很善良就更愛我一百倍了。害我只好一直哭一直哭，最後我真的連一張小魚吃腳腳的照片都沒拍到就走了！我千里迢迢從台北跑去宜蘭、在雪隧裡塞了超久、就是為了要拍一大堆小魚爭先恐後吃我剛剛做好的美甲腳腳的大合照啊！

我超想拿起放在皮包裡的小飛刀朝阿樂背上亂刺！

「目標的膀胱好像很巨大，忍耐點啊。」

耳機裡的聲音將我從可悲的回憶裡，拉回更悲慘的現實。

鬼子的聲音已經沒那麼白目了，她肯定是感受到我越來越焦躁的呼吸聲吧。

我看著地上那灘尿水倒映的自己。

我到底在這裡幹嘛？

我在等一個膀胱灌滿啤酒的王八蛋，搖搖晃晃走進這間廁所。

不對，這一點也不合邏輯啊！

既然目標在打牌，就代表目標待的地方不是一個人吧？那喝酒也不可能只有目標一個人啊，一定是大家有一搭沒一搭拿著酒瓶灌啊！如果第一個膀胱撐不住的王八蛋不是目標，難道我要免費贈送一個嗎？如果連第二個急著想尿尿的人也不是目標，我要連續大放送嗎？

尿水裡的我自己看起來好傻。

這是什麼計畫？

我堂堂一個奪命飛刀手，眼巴巴在廁所裡守株待兔？等一個尿急的混蛋？

不，這裡有屎有尿，但這裡絕對不是廁所。

既然不想尿在尿斗裡，為什麼還要假裝蓋一個尿斗？

既然不想拉屎在糞坑裡，為什麼要花時間挖一個糞坑？

這間廁所根本就不是廁所，只是一個大家用來大便跟尿尿的地方，但它不是廁所！我絕對不會承認它就是廁所！沒有人有資格承認它是廁所！好臭！好髒！我躲在這裡好羞恥！

「他剛剛又開了一瓶，很快他就會想尿尿了。」鬼子有條不紊地說。

「那又怎樣。」我用力閉上眼睛，感覺眼皮氣得震動。

那些尿水跟大便的分子一定透過空氣進入我的鼻腔，滲透進我的肺臟裡。

我的肺，正在做氧氣跟二氧化碳的氣體交換，很快就會把那些屎尿解放進密密麻麻的微血管，然後我就會變成一個身心靈都非常臭的……

「冷靜，不要問多餘的問題。」鬼子敲敲。

「到底有幾個人一起打牌？」

我肯定聽見了鬼子深深嘆了一口氣的聲音。

「妳在乎嗎？」鬼子最後好像是這麼說的吧。

好像，應該，大概是。

——我！不！在！乎！

我一踏出那間流屎淌尿的假廁所，就用拔腿快跑的速度衝向腦內地圖裡的紅區。省下了講幹話打招呼的橋段，我遠遠就看見有四個人在一個濕熱的小隔板屋裡打牌，還有另外兩個人蹲在門邊的電視機前抽大麻，我這麼暴衝，竟然沒一個人注意到我！

我認出正在打牌的其中一人，眉毛上面有一顆歪歪斜斜的藍色星星，好醜，鼻毛外露，左手拿了三張牌，右手拿了一瓶瓶身已沒有發出寒氣的溫啤酒。

溫啤酒很噁！

我沒有花時間停下，手指扣住的飛刀已滑出。

不是我在幻想，只要距離允許，我的飛刀真的會轉彎又轉彎，每一次轉彎都可能飛得更快，也可能忽然在最後一刻旋轉起來。我怎麼可能學過物理或空氣力學之類的，這種刁鑽的殺人技術反正就是一直練到手脫皮就對了。

六個人。

六個太過相信監視器、太過自以為這個黑心要塞沒人敢闖的王八蛋，都用咽喉收下了我送給他們的飛刀。當然了，其中有一把飛刀稍微歪了一滴滴，不然要怎麼讓那個眉毛刺青的醜男死得特別痛苦呢？

沒人能做出多餘的動作，拿槍啊、按警鈴啊、衝到外面報信啊，都沒有，嗚嗚咽咽就眼睛開開倒下，除了那個鼻子被飛刀整個插進去的醜男——他整個嚇瘋，東倒西歪，把小小屋子裡的雜物撞來撞去，不敢果斷把刀子拔出，但是血水從鼻腔倒灌進氣管跟食道，跟溺水沒有兩樣，腦子也一定多多少少被刀尖刺傷了。

沒有根據，但我猜大概要持續三分鐘以上，他才會順利被自己的血溺死吧。

「我最討厭你這種專門欺負女生的醜男！人醜！心更醜！」

我朝醜男的肩胛左右各踢兩下，右邊那一下角度不錯，應該順利踩斷了他的鎖骨。

醜男口鼻裡滿滿都是血，無法好好發出慘叫，只能勉強流瀉出彆扭的怪聲，在地上亂撞得更厲害了，忽然砰的一聲用力撞上了用來當作牆壁的一道夾板，夾板應聲破裂。

……完了。

我無法不注意到，那張出現在夾板裂縫後面的臉。

呆呆的，一雙沒有任何情緒的眼睛，正看著氣呼呼的我。

連我自己都不知道是出於什麼動機，或許只是單純的好奇，但我想是更基本的一種……一種人性本能吧，我找到搖搖欲墜的夾板暗門門把，打開了守護蜻蜓幫重要人肉資產的貨櫃。

「燕子，妳在做什麼？」

「……」

我在做什麼？

我在看著十幾個面黃肌瘦的女孩，每一個都好小，目測沒一個超過十四歲吧，蓬頭垢面，赤裸裸的身體上爬滿了被反覆鞭打的傷痕。

她們看著我，好像在看一個外星人。

然後她們看到了倒在地上的，五個慢慢斷氣的王八蛋，還有一個等等就會加入他們的醜男正在地上發瘋狂舞，瞬間就明白此時此地正發生了什麼事。

她們沒有花一秒彼此對看，而是直直地盯著我。

我清晰地感覺到她們全身上下的細毛，一根根都豎起來了。

而那道引發這種生物反應的電流，竟然是從我慢慢撐大的紅鼻孔所觸發出來的。

「燕子，妳的單子已經結掉了，把握時間離開那裡。」鬼子慎重提醒。

當然啊，當然要用最快的速度離開這麼臭的地方。

我最討厭像月一樣，自以為是正義使者的那種人。矯情，虛偽，自以為是。

明明就是殺手。

明明就只是殺手。

收了錢就動動手殺人，沒錢就管你去死。上天堂沒份，下地獄直達。

最爛就是在說我們這種拿錢辦事的人了，什麼好事都不配。

「我要用最快的速度離開這裡。」

我不自覺對著空氣說話的時候，不自覺用了緩慢的英語。
不自覺打開了沾滿屎尿氣味的風衣，稍微透透氣。
風衣裡都是輕薄但無比堅硬的飛刀，一共一百零八柄，閃閃發光。
那些女孩猛點頭。
我完全不知道她們在點個什麼勁，超莫名。
「我不會停下來，也不會回頭。」
我不自覺對著空氣喃喃自語，慢慢闔上了風衣。
十幾個女孩全都迅速站了起來，手牽著手，彼此點頭。
真不懂她們到底在做什麼，我也一點都不想知道。
我只是慢慢走出去，抱著逛街的心情在錯綜複雜的貨櫃區裡走來走去。
我肯定是迷路了。
我明明只花了不到五分鐘進去，卻整整花了快一個小時還走不出來。
真是的，這就是傳說中的鬼打牆吧，越走心情就越差，就越不知道出口在哪，鬼子索性也不跟我說怎麼出去了，只是一直嚷嚷左邊幾公尺外有王八蛋、右邊哪裡又有一堆拿槍的醜男出沒。我又不想知道，囉嗦死了。
風衣越來越輕。
我的腳步卻越來越重，跟在我後面的女孩也越來越多。

當我將整件染紅的風衣扔到河裡的時候，我已經遠離了噁心的人肉貨櫃區。

很吵的鬼子也沒有再多說什麼。

我不知道有誰跟了我出來，有誰沒有。反正我每一把飛刀都用完了。

我一點也不在意。睡一覺醒來就什麼也不會記得了吧。

好餓，快餓昏了。除了咖哩飯什麼都想來一口。

在不怎麼熱鬧的市場邊緣，我隨便找了一間看起來空位最多的攤販，比手畫腳。

「老闆，我要一百三十七……還是一百三十八碗咖哩飯，都加大。」

什麼啊，完全點錯了，餓過頭腦子缺乏醣類就容易失控，數學完全壞掉。

我把身上所有的錢都放在桌上，一口也沒吃就走了。

我好像有一點想阿樂。

有一點點而已。

阿樂

1

我不只一點點幸運。

我真幸運，我全世界最幸運。

我將一張中了兩百元的彩券摺了又摺，妥妥放進胸前的藍水晶項鍊夾層裡。

自從我遇到她，常常在買的彩券就很少中好幾萬的等級，區區幾百塊錢的運氣就是我的任務護身符。

少了一大堆好運氣，我猜執行任務大概是危險了許多，光是這三個月我就跳了七次樓，像我昨天又從五樓……還是六樓？總之就是破窗跳下，中間我用身體撞在兩塊廣告招牌跟兩片大遮雨棚當緩衝，都沒事喔！畢竟跳樓這種高級動作我每個月至少都被逼做兩次，很SAFE！結果落地那一下偏偏踩到一片直挺挺的碎玻璃，碎玻璃刺穿我的厚膠鞋底，把我的腳拇趾割破了，血流了整雙鞋子。

但一點也沒關係！

只要閉上眼睛，一想到她的微笑，我就會持續傻笑好幾個小時，要是真讓我看到她的真人版微笑，我還不飛上天嗎？

你知道最棒的部分是什麼嗎！

偏偏我睜開眼睛，就真的常常看到她的微笑，還可以用力親在她的酒渦上，一直親！一直親！一直親哈哈哈哈哈哈！你說，我是不是該把運氣都用在跟她的相遇上呢！哇哈哈哈哈哈哈哈！

「你到底是在笑三小？你沒傷到腦袋吧？」

正在幫我腳底縫合刺傷的，是一個還在念師大附中的小朋友。

對不起我還沒辦法稱他為醫生，連「密醫」這兩個字都說不出口，而且他縫合傷口的手法很隨性，要不是曉茹姊要我先用一點小傷跟他合作看看，我真不想忍受他那種自以為是的態度。

「小朋友，你有女人了嗎？」我哼哼。

「沒。」附中生竟然一邊看手機。

「那你就不會懂了……唉，不過你以後就算交女朋友了，也不可能懂。」

「是喔，啊不就好不懂。」

這是什麼用語？到底是懂還是不懂？

「因為我的女朋友真的非常正！很美！真的是非常有氣質，碾壓一堆日韓大明星的那種完美。」我越說越得意，自己都快要鼓掌了：「而且她不是只有臉的花瓶，她是全亞洲最會丟飛刀的人耶！」

「喔，原來你女朋友是老殘啊？他有雞雞的耶，你是督他還是被督？」

「老殘！幹你是有親眼看過老殘丟飛刀嗎？天啊你不要不懂裝懂，老殘的飛刀早就不行了，只剩下單純殺人的功能，那個弧度跟姿勢已經完全走鐘了，而且老殘至少有四分之一的拉丁血統，不能算進純亞洲的排行好嗎！」我真的是太崩潰了：「現在！亞洲第一飛刀手，燕子！有沒有聽過！」

附中生抬起頭，表情有點疑惑。

「老殘至少有四分之一的拉丁血統？他爺爺還是奶奶是拉丁美洲那邊的嗎？」

「我哪知道？但是他的鼻子看起來就像是有混到拉丁！還有那個眼神，你看過西班牙人嗎？西班牙人就是那種眼神！」我難以置信我說了這麼多，這個附中生竟然還劃錯重點。

「完全沒根據啊都你在亂講。比如說你看起來像個白痴，也有白痴的眼神，但你不一定真的是白痴啊。」

「什麼不一定？我當然不是白痴！」

「所以老殘看起來像有混到拉丁，但當然不是拉丁啊。」

我跟這個附中生無法溝通。

為了避免我的腳突然抽筋踢歪他的臉，我用力閉上眼睛，努力想像燕子在我旁邊狼吞虎嚥咖哩飯的可愛模樣。哎呀說到咖哩飯，她真的好喜歡吃咖哩飯，我本來以為像她那種氣質美女一定把法國料理當三餐吃，不到半年就會把我的存款吃光，沒想到燕子超愛吃便宜的咖哩飯，豬雞牛羊蔬菜水果各種口味都很著迷，前一陣子我大概連續陪她吃了三十幾間咖哩飯，沒吃到最好吃的咖哩飯她還氣呼呼的裝生氣，真的是超可愛。

我的心終於得到平靜。

等燕子把在印度的單子消掉回國，我一定要馬上帶她本人來，隨便叫這個嘴賤的小朋友好好治療一下我在燕子脖子上種下的一百顆草莓，讓他好好見識一下燕子的美貌，從此以後對我一見面就跪下膜拜！

「縫好了，最後要不要打個破傷風？」附中生打了個好臭的呵欠。

我看著醜陋的左腳大拇趾冷笑：「縫得好醜。」

附中生點點頭：「沒你醜，到底要不要打破傷風？」

「不打會怎樣？」

「沒事就沒事，有事就死掉啊。」

我大吼：「打！幹嘛不打！」

多少次，風風雨雨，我都仗著我有一個無敵超正的女友，去克服人生裡悲傷寂寞憤怒與機掰，剛剛也不例外。

打了破傷風以後，我就一路大吼大叫衝出那個爛頂樓加蓋。

稍微平靜之後，我走到最近的一間彩券行，買了一張彩券跟一碗蚵仔麵線壓壓驚，坐在路邊瞬間就吞掉整碗蚵仔麵線的我，已經讓燕子氣呼呼的甜笑順利填滿我所有的大腦區塊。

曉茹姊的電話來了。

「沒忘記今天半夜的單吧？」

「真的有必要那麼殘忍？」

「覺得殘忍，就用最快的速度結束它。」

「是是是。不過妳忘了問我，那個念附中的小王八蛋怎麼樣？」

「這麼跟小朋友計較的話，就把氣出在今天半夜的倒楣鬼吧。」

曉茹姊結束電話後，訊息再度附上了時間地點的細節。

是的，八個小時後，我得執行一張很殘酷的單。

不要跟我談道德談善惡，我有腦子思考那些的話就不會選擇當殺手了。

儘管如此，感到殘酷依舊是一種無法迴避的心情，正好殺到惡貫滿盈的壞人是很棒，但偶爾會碰上一些「下手時會感到怪怪的」的目標，那也是沒辦法的事。

誰知道這些目標背地裡做過什麼讓人無法忍受的勾當——身為職業殺手的我也只能這麼想了，不是嗎？

2

我先回家睡足五個鐘頭，醒來後洗了個熱水澡，煎了兩個荷包蛋吃掉。

凌晨一點半。

身為一個深深倚賴好運的職業殺手，我很珍惜運氣之外的所有準備。

台北市的大路小徑秘密彎巷，幾乎都刻在我的腦袋裡，我直接用慢跑接近目標所在地，當作是暖身。

其實依照目標的程度，我根本不必暖身，但燕子小我六歲半，為了要跟她天長地久，我必須更用心維持健康，適量又穩定的運動可以讓我保持在「大哥哥」的頭銜久一點，離「大叔」的稱號遠一些。雖然左腳大拇趾受了重傷，但沒關係，我照跑，等到縫線破裂我就回到那個爛頂樓加蓋，跟那個爛附中生說他縫線不只醜，還一點也不可靠哈哈哈哈。

這次的目標住在快要改建的破舊老眷村，鄰居幾乎都搬光光了，是一間擁有自己獨立院子的老房子，圍牆上有一堆防小偷的玻璃渣渣。但防不了職業殺手。

我藉著圍牆外一棵巨大延伸進院子裡的老榕樹樹體，輕輕鬆鬆地跳了進去。

像是老舊公務宿舍的眷宅不只老，還欠修繕，瓦片整排爛掉了，院子裡堆了很多雜物，破掉的馬桶，缺腳的桌子，生鏽的大鐵櫃，特意鑲框的眾人大合照，十幾座廉價的塑膠獎盃，空掉卻裂開的盆栽尤其多，大概有上百個，完全浪費掉一個大好院子的空間。暮氣沉沉，住在這裡的人顯然沒在鳥什麼生活品質。

我看了看錶，兩點十五分。

據說目標兩點半到三點之間就會起床尿尿，如果還有睡意就睡回籠覺，沒有睡意就在院子裡做做操，開始無聊的一天。

——不過不會再有無聊的一天了，我今天就一拳把他打死。

我在院子裡稍微練習了一下正拳。

吸氣，吐氣，穩定姿勢，深深吸氣，揮出正直拳的時候還稍微帶了點扭轉。

一拳又一拳地練習，全都來自我在格鬥漫畫上面看到的定格分鏡。

很多單子都會有來自雇主的附加要求，最常見的兩個，莫過於……

一、讓目標知道是誰買單要殺他。

這麼做的原因當然是想逞逞口舌之快，如果目標臨死之前有回嘴的話，還得把內容帶回去讓雇主慢慢領受。一般來說，殺手會選在目標確定重傷快死了才會說出是誰聘雇，不過有的雇主認為，目標如果快死了才回嘴，內容恐怕含糊不清，會要求殺手最好在動手前就說明來意，缺點是，萬一殺手失手，目標沒死，雇主就等著被目標報復。

二、務必讓目標死得很慢、很痛苦、享受連自盡都做不到只能等死的那種絕望。

這點當然是人之常情，但其實很煩，我們只是職業殺手，莫名其妙要想一些讓對方慢慢死掉的痛苦方式，搞得自己很像變態殺人犯，所以如果要我們把一件明明可以在十秒內完成的動作，延長到三分鐘以上，我個人啦，我個人需要聽到確實的理由。這個時候我就希望聽到目標很壞、很爛、很糟糕的具體行為，對雇主的同情心爆發，才能夠好好地做事。做殘忍的事。

我不知道雇主是誰，但我猜，這次的雇主是一個空手道狂熱者。

我接到的附加要求是，不能用刀，不能用槍，只能使用空手道的招式擊殺目標。而且絕對不能暗殺，必須堂堂正正地海扁目標直到目標死亡。如果一次擊殺不成，就改天再進行任務——這點實在是太好笑了！哪來的一次擊殺不成改天再去的想法啊！

雇主大概是個白痴，我可不能跟著淘氣。

不是怕一旦目標沒死去報警，我就永遠失去殺他的機會。

而是，我不可能失手！

儘管我沒有修練過空手道，我對空手道的所有理解都來自漫畫！但目標可是……門打開了。

一個老態龍鍾的長者，半駝著背，拿了一只尿壺，看著在院子裡做正拳練習的我。

半夜天冷，老人的身子微微哆嗦，揉了揉眼。

「你沒看錯，我是人，不是鬼。」我慎重地說明。

「來……來偷東西……是嗎？」老人將尿壺倒在院子地上的小溝，還不小心手抖潑了一點在拖鞋上。

「不是，我是來殺你的。」面對至少超過八十五歲的老人，我必須誠實以告。

老人瞪大眼睛，氣呼呼地質問：「誰！誰讓你……讓你來殺我！」

「不知道，我確實不清楚。」我擺出正拳突刺的姿勢，正色道：「唯一被交代的是，務必，讓你被空手道殺死。」

老人非常激動，拿著尿壺就往我衝過來。

「什麼都殺得死我，就空手道……不行！」

——幹！應該倒乾淨了吧！

我提防著老人手上搖搖晃晃的尿壺，等待他一接近我，我就一拳朝他的……

「唉呦！」

老人竟然先一步跌倒了！手上的尿壺也摔了出去！

我愣了一下，對著慘叫中的老人一拳揮出。

你以為會發生什麼奇蹟嗎？

沒有。

我的拳頭由上往下正中老人的臉，他的鼻子肯定在那一瞬間就斷了。

不只打斷了他的鼻，我的拳還持續直貫向下——是，必須這麼用力，這麼果決，否則老人還得持續受更多的苦。

古怪的變化就在那一拳的尾勁中發生。

我這一股往下狠揍的力道嚴重傾斜，以手肘為支點，我的身體翻騰了起來。

無數次在生死之際活下來的我，把這一切濃縮成超慢動作的視覺分鏡，看明白了——是摔倒在地上的老人，用臉接住了我的拳，在他後腦幾乎撞在地上的前一刻，左手擰住了我的手腕，右手翻上了我的手肘，全身一捲，用整個超過八十五歲的小小身體，順勢將我往上摔！

我肯定聽見了老人全身骨頭都快散掉的聲音。

我順勢奮力一跳，然後以超怪的姿勢撞上那棵大榕樹。

撞了就撞了，我還撞得頭下腳上，我專業得以最快的速度亂七八糟地站起，結果一站得太快，腦子還沒適應，我感到強烈的天旋地轉啊好想吐。右手肘好痛！非常痛！

老人流著鼻血，搖搖晃晃扶著破裂的尿壺，一時還站不直身子。

「要不是你自己跳起來……」老人恨恨不已。

「我的右手剛剛就斷了！」我真的吐了像是胃酸一樣的汁液：「幹！你死定了！」

老人鼻血兀自狂噴，半個身子還是斜的。

「誰叫你來的？」老人的腳步虛浮，看來我那一拳打得棒棒棒！

「死神。」我酷酷地擦掉嘴角的酸液。

「……年輕人，講笑話的功力跟你的拳頭一樣屎屎。」老人冷笑。

我最討厭有人對我冷笑，如果我年輕十歲我肯定抓狂衝出去直接把他的脖子扭斷……空手道應該也有包含絞頸吧？

但剛剛那一摔真的有點不對勁，一個老人可以用那種滑倒的姿勢，還被我一拳完全擊中正臉，接著他媽的我就被抓住摔飛撞樹，手還差點報廢。

我的視線在老人周圍飄來散去。

擺在那些雜物堆裡的破爛大合照，是柔道道場的上百師生團隊一起比YA，還印著北區警校聯合集訓之類的字眼。一個年輕版的老人就站在照片正中央，百分之百就是柔道場的資深教官。那十幾座廉價塑膠獎盃都是柔道項目的冠軍，每個刻在上面的名字都不一樣，很明顯不是老人自己獲獎，而是他的徒子徒孫獻給他的。

原來是柔道界的上古神獸啊。

老人一拐一拐走向我，腳步不僅虛浮，越走越斜。

我搖搖頭，鬆開架式。

「念你一代宗師，給你一點時間先把鼻血擦掉。」

然後我就被橫摔出去！

什麼時候搭上我肩膀的——我只有這麼一點點破碎的印象！

當我再度撞在樹上，馬上聽見老人拖著腳步走向我。

他一邊獰笑，一邊噴著鼻血。

爛死了！這個連走路都搖搖晃晃的老人竟然趁我禮讓的時候偷摔我！

我可是殺手！職業殺手！

雖然我很氣，但我還沒失去理智到忘記任務對我的要求！

我站好馬步，立好拳架。

「一天一萬次！感謝的正拳！」

我朝著步步逼近的老人就是一記堂堂正正的超級正拳。

原本我料想老人一代宗師應該躲得過，所以我預備左手立馬跟上，朝他的肚子來一記刺拳，不料我好像太過厲害，右手這一正拳就這麼直接砸中老人的鼻梁，然後老人就被我的拳勁轟到整個往後……

等等，怎麼是我跟著往前飛出啊？

老人飛，我也跟著飛，而我出拳的右手整個被老人扭住，無法掙脫。

當我整個人平摔吃土的時候，老人也在地上灰溜溜地翻了好幾轉。

我真是驚駭莫名。

要不是老人在半空中忽然放開了我的右手，恐怕我不只要吃土，還會秒變楊過。

「一代宗師不愧是一代……」我撐著地發抖，試著爬起。

老人噴著更多的鼻血用狗爬式撲了過來，即時對我施展絞頸。

我已經完全不能把他當一般老人了，我直接反抓他的手，亂七八糟用力一咬！

「臭雞巴小子！」老人吃痛但沒放手，反而勒得更緊。

我果斷亂扭全身，試圖掙脫，但老人的絞頸超級牢固，再這樣下去我就要失去意識了。幸好我踢來掃去的後腳跟突然勾到一沱軟軟的東西，老人這才發出怪叫蜷曲身體放手。

太棒了，老天爺把男人的陰囊設計在那種地方實在是太有道理了！

「踢老二也是……空手道嗎！」老人痛到在地上打滾。

「空手道連無冤無仇的木板都踢了，何況一條懶叫！」我劇烈咳嗽：「你也可以用柔道……揉我懶叫啊！」

「你還咬我！咬人是空手道嗎！」

「好啊！我醜一！」

老人暴怒，但被踢到懶叫就是無解，只能徹底唉唉叫完才能平復。

我坐在地上劇烈喘氣，剛剛真的快斷氣了，好恐怖好恐怖好恐怖，比潛入警察總局差一點死翹翹還要恐怖！

「我現在大可以慢慢殺你，但我沒有，因為我剛剛咬你。怎樣？服氣了吧？」

「你……踢我老二！」老人維持在一條彎彎蝦子的醜態。

「你慢慢唉，等你唉夠了站起來把鼻血擦一擦，我再好好殺你。不用謝了。」

我還是無法好好呼吸，剛剛好像看到一點點人生跑馬燈了真的。

等到我呼吸終於緩和，老人也歪七扭八靠著尿壺起來了。

「小雜碎，給你一個忠告。」老人的眼神就像是厲鬼，鼻孔射出恐怖的怒血。

「我在聽。」

「不會用空手道就別硬撐，你本來怎麼打就怎麼打，不然你會死得更快。」

「怕了吧？我偏要用空手道把你打死。」

我張開雙手，右腳金雞獨立，左腳虛浮在半空，擺出電影《小子難纏第一集》裡，男主角白鶴亮翅的一踢必殺姿勢。

「這也不是空手道！」

「這是來自沖繩的宮崎流空手道之鶴形，上踢醜臉，中踢心臟，下踢老二。」

「……」老人下意識哆嗦了一下。

「你放心，今天過後，我會永遠記得曾經在一個半夜，有一個深藏不露的……」

我還沒說完，目露兇光的老人已拖著殘步走向我，雙手一前一後抓過來。

我不再接受無恥的偷襲，左右腳交換，迅速踢出！

落空！

忽然擺低身體划向前的老人，扛起我踢出的左腳，抱住我。

老人小小身子的衝擊力竟然可比一顆沉重的砲彈，我單腳站不住，兩個人再度一起摔在地上。柔道的寢技太恐怖了，趁老人還沒開始勒我，我就匆匆忙忙尋找他的老二狂踢，老人嚇到了，大概也忘了一開始把我摔倒在地後又該對我施展什麼技巧，本能地用全力護住他的老二。

「你怕什麼！來啊！來啊！」我大吼，用很怪的姿勢狂踢。

老人忽然一腳踢過來，不偏不倚踢在我空檔大露的睪丸上。

我臉色發青，像陀螺一樣在地上高速打轉。

老人哈哈大笑，笑得非常沒品非常邪惡。

我看不清楚他是坐著還是站著，總之老人上氣不接下氣地說：「現在我大可以走過去，輕輕鬆鬆把你絞殺，但我不屑！因為……」

「因為踢人老二不是柔道！」我縮著身體怒吼：「柔道要用……揉的！」

「小雜碎，你對柔道有很大的誤解，我就花點時間慢慢矯正你吧。」老人肯定在冷笑：「等到你看著自己被拆成碎片的身體，就會明白柔道是地球上最強的人體破壞術。」

「說啊！誤解什麼啊！柔道有沒有踢老二！」

「所謂的武術，就是弱者為了抵抗暴行所進行的一種，有系統的……」

「有沒有踢老二！柔道！柔道有沒有踢老二！」我超氣的。

「柔道的技術內核在於破壞對手的重心平衡，但實戰上也有當身技，插眼，刺喉，折手指都是稀鬆平常……」

「最好是有踢老二！」

「……」

我繼續罵個不停，自知理虧的老人卻也沒再回嘴。

等到我爬起來的時候，發現老人早已閉上眼睛斜倒在地上，一動也不動。

在我蜷縮在地上抽動唉唉叫的時候，一代踢老二宗師就這樣默默斷氣了嗎？

「唉，你堂堂一個柔道大師，人生最後一招竟然是踢人老二。」我深深感嘆：「也罷，就只有我知道你的醜態，放心吧我不會跟任何人說的。到了陰曹地府，你可以很驕傲地跟牛頭馬面說，你是被亞洲運氣最強的殺手阿樂，用隨便學一下的空手道正拳打死的，你含笑吧。」

正當我想找點東西蓋住老人的屍體，給他最後一點尊嚴時，我聽見了鼾聲。

幹，只是累到睡著了嗎？還是失血過多陷入昏迷？

我看著這無恥低級老人的睡相，嘴角還有點微彎，超賤……該怎麼辦？

蹲下來，仔細瞄準，朝他的睡臉一記正宗直拳打死。還是用踢的？

不行，任務要求不能偷襲，得堂堂正正。

那麼我該用力把他搖醒，給他五分鐘去洗臉，再堂堂正正把他打死？

還是我該一走了之，等明天早上再過來打死他？

可這也不合理啊，老人醒來後一定會哭著跑去報警，我又被規定東規定西的，重點是不能暗殺，根本註定失敗。失敗賺不到錢是小事，但後續的連鎖反應很糟糕，我直接對老人說了我必須用空手道殺他，老人一醒，推敲久了一定能把雇用我的人給推敲出來，我的雇主豈不是完蛋？大大違反了我的職業精神啊！

怎辦？

我忽然想起口袋裡昨天下午買的彩券，雖然還沒輪到它放入項鍊，但號碼也在昨晚公布了。我拿起螢幕碎掉的手機，對照著皺掉的彩券，查詢了得獎的號碼。

中了四個，獎金八百元。

嗯嗯嗯嗯嗯嗯嗯……最近連續都只中兩百元的，八百元有進步了，看起來不像是走厄運的日子，我把鎖在項鍊裡的舊彩券抽出，夾入這張價值八百元的摺紙。

咕嚕咕嚕……我好餓，肉搏戰的運動量還是太大了。

距離天亮還有一段時間，連麻雀都還沒開始叫，這個時候最尷尬了，賣宵夜的店已經打烊了，賣早餐的店卻還沒開，便利商店的御飯糰跟麵包又都冷冷的。

不過，我記得慢跑來的時候有看到一間二十四小時的四海豆漿，好像不很遠？

3

老人終於醒來時看到的第一個畫面，就是坐在裂開尿壺上的我。

我正在吃蛋餅喝米漿啃油條。

老人的鼻血已經乾了，一看到我的王者氣勢，趕緊用很古怪的動作狼狽站起。

「餓了吧？吃完再打。」我可是什麼都買了兩份。

老人哼哼兩聲，接過一根油條就啃：「諒你也不敢下毒。」

「說不定我敢啊。」我冷笑。

「毒發之前，夠我打死你的了。」老人冷笑兩倍。

「要不是看你老成這樣，我一定不會下意識留一手。」我認真吃著蛋餅：「這一點是我不對，我誠摯地向你致歉！要是我一開始就用十成功力，你就會被我瞬間打死，不必拖拖拉拉被我揍到半死不活，還在這裡吃早餐等死。」

「我好得很！要不是我半夜尿急，不算清醒，又沒做足早操，手腕沒熱開，我堂堂警備總部三十七年柔道總教練會連續兩次抓脫了你的手？」老人嚼著軟爛的油條，像喝酒一樣灌了一大口熱豆漿，大叫：「好燙！你這小雜碎暗算我……」

我嗤之以鼻：「我還以為你是一個真正的武道家，行臥坐動的日常都準備好要戰鬥，沒想到你在這邊跟我說什麼你尿急，不算醒，還牽拖什麼沒熱身，真好笑，哈哈哈，笑死我，三十七年柔道總教練只會踢人老二，簡直無恥至極。」

老人漲紅著臉，大聲：「你先踢！真有臉！」

我更大聲：「我用的是空手道啊！」

老人氣急敗壞：「空手道就是不要臉！你！你更不要臉！」

「汙辱空手道可以，汙辱我就是不行！而且跟你說白了我學空手道根本沒超過十分鐘，你就醒來倒尿了，要讓我多練習十分鐘，或者我不用空手道直接用我的殺手本能跟你打，你早就含笑九泉啦！」

「再來！」老人暴怒。

「吃完再來！」我也青筋暴露。

「你快點給我多練習十分鐘空手道！」

「我偏不練習！」

於是我們一邊怒視對方一邊吃完蛋餅、油條、燒餅、包子、饅頭跟豆米漿。

老人一直打嗝。

「給你一個機會走動走動，等等別說肚子太撐，打輸賴皮。」我站起。

「你自己想走走再打是吧？真會從別人身上找藉口，十足雜碎。」老人站起。

我們各自在院子走動走動，做做操，轉轉脖子，拉拉腿，等到肚子不那麼撐了，我們一左一右站定，擺開架式。

「擺擺姿勢就以為是空手道，笑死人。」老人壓低了身子，感覺又要開衝。

「仗著自己是老人，打不贏就用直接睡著逃避被打，老了真好啊！」我架拳。

接下來我們直接打了五分鐘，我被摔了十七次，老人的臉被我揍了三拳，前胸後背被我踢了六腳，挨了我兩記前後頭槌，跟一記側臉肘擊。

我很確定，即使老人的手腕沒有受過大傷，一番持久戰過後手腕也沒力了，只能不斷將我投摔，卻沒有辦法直接將我的手臂喀嚓喀嚓扭斷之類的，年紀一大把了，對我施展兩次勒技都被我用後頭槌撞開，撞到他繼續流鼻血。

而我，即使慢慢不拘泥於想像中空手道的招式，竟然也久攻不下。

老人真的很可怕，幹不掉我，也能一次次把我摔到眼中的天際線斜來橫去。

五分鐘過後，兩個人不約而同又吐了。

我陷入前所未有的危機。

「睡啊，快假睡啊！就用你忽然又睡著那一千零一招啊？醒來後再打！」我的天，我的雙腳竟然在發抖，不知道是不是有點腦震盪了。

「是啊，好讓你趁機偷襲我！」老人吐出一顆假牙。

「真要趁你睡著把你幹掉的話剛剛就做了！我還買早餐送你吃飽上路！」

「太好笑了！雖然我是真睡，但武道家有危機意識，一感受到殺氣我就醒了！」

「最好是！」

「是就是！」

「好啊！你睡啊！」我的天我的腳真的快站不穩了，等等一定要去照核磁共振。

「我睡就睡！也不怕你這小雜碎使什麼陰險暗招！」老人目露兇光，鼻血卻一槓流出。

「你敢睡我就殺你！」

「你要敢殺我剛剛就殺了！還買早餐？現在後悔了吧哈哈哈哈！」

「沒什麼敢不敢！是不屑偷襲你！老屁孩你有種就別報警！我回去隨便看看空手道的入門教學影帶，明天同一時間我一定再來殺你一次！」

「老子是警備總部三十七年柔道總教練，只有警察找我！沒有老子報警這種事！」老人一邊臉紅大吼，一邊卻斜斜坐倒。

看他上氣不接下氣的模樣肯定不是使詐，而是徹底力氣放盡了吧。說不定在他眼中我還是上下顛倒的。只要我走過去的幾步路都別跌倒，朝他的臉踢一腳沒給半途抓住的話，老人肯定一路睡到極樂世界或十八層地獄什麼都好。

但……

「你要報警也可以啦！我見一個殺一個，反正只有你我得用空手道殺，其他人我絕對是一人一槍直接幹掉！看你這個老孬種想拖幾個倒楣鬼下水啦！」

「誰報警誰就是大烏龜！滾！」

我直接轉身推門就走，不用回頭多瞪一眼，也知道老人一定是躺地秒睡。

還走不到街角，我的精神力就完全潰散，膝蓋一軟跪在路邊，頭暈直吐。

太可怕了這個老妖怪……真的好恐怖！我的手真的還好好長在我身上嗎？全身上下每一吋的骨頭都快裂開了！我常常仗著幸運從樓上摔下，摔了好幾次，就連自以為絕不會死的Mr. NeverDie都不可能比我還會摔！但我今天卻被這個老妖怪摔到懷疑人生……

一個虛構的故事迅速在我的腦袋裡噴了出來。

一個空手道大師跟這個柔道老妖怪是一生一世的死敵，兩人搏鬥了一輩子，沒能分出勝負，但空手道大師卻先一步翹毛。死之前空手道大師找上了曉茹姊，下了一口單，要殺手堂堂正正使用空手道把柔道老妖怪幹掉，讓柔道老妖怪死前憤恨不已。

胃酸吐完了換吐膽汁，膽汁吐完了換吐空氣，眼睛裡看到的紅綠燈才變成直的。

我爬到離我最近的一片樹蔭，用顫抖的手指打手機給曉茹姊，用最快的速度說了一遍我的腦補。

「說完你的胡思亂想了嗎？」

「難道不是嗎？不然為什麼要規定……空手道？還得光明正大？」

「下單給我的是一個女人，不是什麼臨死的老空手道大師。」

「說不定她是老空手道大師的女兒啊！想幫她老爸報仇……之類的！」

「或許是吧，如果你希望我這麼回答會令你舒坦一點的話。但……我想不是那麼一回事。」

至於光明正大，我猜是客戶對我們家的殺手有很大程度的信賴，認為即使扣除了偷襲的手段，我們家的殺手還是可以使命必達。怎麼？你失手了？」

「……也不是那麼說。那老頭快被我打死的時候就忽然睡著了，那怎麼算？我再打下去就變成偷襲，不就違反了雇主開出的條件嗎？」

「如果沒人看見你不小心多打了一拳，又不小心把他打死，也沒人知道吧。」

「等等等等，他是一個八十幾歲的老人耶！恐怕有八十五！如果我對手是巨石強森，他打到一半忽然睡著我一定卯起來繼續打，而且每一拳都打後腦！但對方是個老頭耶！臉上都是老人斑，還被我打到噴鼻血，這種老頭忽然睡著了我還偷偷下手，我豈不是承認他醒著的時候我打不死他嗎？」

「總之，他現在還活著？」曉茹姊的語氣非常嚴肅。

「算是一隻腳踏進鬼門關，隨時暴斃！」我的脖子好熱。

「你以為他是白痴不會報警是嗎？夜長夢多，你現在立刻回去，他眼睛一睜開就不算偷襲，一秒說嗨馬上就把他打死——用，空手道，或！看起來像空手道的招式！你知道空手道很多流派吧？很多你以為不能算是空手道的流派都算是空手道的某一分支，直接踢他老二絕對也是一種流派，你GOOGLE看看吧！」

「已經踢了。」我整張臉都好熱。

「踢了還不死？」曉茹姊聽起來很詫異。

「他踢回來。」

「你被他踢老二，結果沒氣到把他打得更死？」

「死就是死，沒有更死，而且他不是一般老人，他是警備總部三十七年的柔道總教練！他的踢老二也不是一般的踢老二，是柔道總教練黑帶九段等級的踢老二！而且是我先踢他的，他踢回來我又能說什麼！我絕對不想踢他老二也不想被他踢回來了！」

我聽見曉茹姊在電話那頭，深深地嘆了一大口氣。

「阿樂，你是不是談個戀愛，整個專業都變得太鬆散了？」

「沒這種事，我只是按照規定的雇主條件去做。」我忍不住動氣了：「但我現在不想回去，因為我跟那個老妖怪講好了，明天同樣時間我再回去打死他，用空手道！我不想說話不算話，反悔我就輸了，不只當不成殺手，連人都當不成了。不過妳放心，不管他有沒有報警我都不會失手，一個警察一顆子彈，我下得了手。」

「你根本無法保證什麼。」曉茹姊的聲音有夠冰冷。

「……」我氣到說不出話。

「最近有中彩券吧？」

「有。」

「那隨便你了，要知道老妖怪一天不死，就多一天猜出雇主是誰。萬一你害我尾款收不到，天誅地滅，就算你被一千根針捅屁眼都得扛。」

我不知道天誅地滅要怎麼扛，這句成語太恐怖了一定是重度躁鬱者發明出來的。

總之，我勉強招了一台計程車，在車上打了通電話給附中生小朋友，來到了他的密醫家家酒天地。

4

附中生看起來好像剛剛從學校衝回來，全身都是汗。

他聽了我努力描述的症狀後，從抽屜裡翻出一本封面寫了「白痴阿樂」的病歷筆記本出來。幹，我馬上搶過來，拿起桌上的筆在白痴兩個字上劃了兩條橫線。

「劃得挺歪的，平衡感真的撞出問題。」附中生端詳著我劃的橫線。

「那還不快看！」我大驚。

附中生叫我坐好，然後拿了一根很硬的不鏽鋼湯匙，在我腦袋四周彈了好幾下。

「剛剛我彈的那十下，哪幾下比較痛？」

「啥！我哪知道！每一下都很痛！」

「……每一下都很痛啊。」附中生在我的病歷筆記本裡寫了不知道什麼。

「等一下等一下，你在寫什麼？」

「寫你每一下都很痛啊。」

「每一下都很痛但不可能每一下都一樣痛啊！如果你要問我哪幾下比較痛，你是不是在敲之前就應該先跟我說，說你要問這種問題，然後我才可以好好感受啊！」

「你想怎樣？」

「重敲啊！」我真的是快被他這個智障氣死了，曉茹姊哪找來的白痴！

附中生心不甘情不願地開始用湯匙彈我的腦袋，這次彈得很慢，連續彈了十下。

雖然每一下真的都快痛死我，但我身為專業殺手，全神貫注地領受這十下，發現每一下的力道差別極其細微，可是不一樣就是不一樣。

「依照力道大小排序的話，10，9，8……7，6……嗯嗯嗯，然後是5……4，3，2，1！對，正好就是，每一下都比上一下還要大力！」我很激動：「答案是越來越大力！哈哈哈專業吧！」

「嗯，我的確是越彈越大力。」附中生很平淡地在病歷筆記本裡寫了寫。

幹我一定超高分的啦！

我鬆了一口氣：「那表示我的症狀沒有很嚴重吧？」

附中生沒有正面回答，而是拿起兩根湯匙，各放在我的左右耳旁。

「現在我先告訴你，我會用這兩根湯匙用力敲你的左右太陽穴，你再告訴我左邊比較痛還是右邊比較痛。」附中生的聲音很冷淡：「各敲三十下，準備好了就開始。」

「靠！三十下！」

「怕了吧？怕了就敲二十下就好。」

「三十下！一下都不能少！來！」

我閉上眼睛，將我的感受力全都集中在腦袋。

附中生開始叮叮咚咚用力敲我的腦袋，還故意給我敲超快，雖然快痛死了但我就是專業，一邊被敲一邊記憶左右兩邊的疼痛次數，附中生顯然平常沒在練，左右敲的速度很不對稱，導致我的感受力難度大增，但我還是撐過來了。

「怎樣？」

「……」我頭昏腦脹，咬牙解答：「依照大力的順序，分別是右右左右右右右右右右右右左右左左左右右右左左左左左左！對不對！一開始集中在右邊，最後幾乎都是左邊！」

「嗯我是右撇子，但後來右手打累了。」

我看附中生說歸說，但這次完全沒把我的神反應記錄進我專屬的病歷筆記本，忍不住提醒他：「記一下，不要只記一些不好的。」

「嗯……」附中生很不甘願地打開病歷筆記本，快速寫了個什麼。

雖然左邊右邊的腦殼都很痛，但我開始感到安心。

「那我都答對了，腦子應該沒問題吧！」

「嗯，中度腦震盪。」

「中度？那是很嚴重還是不嚴重？」

「放心不會造成智障，因為早就是智障了。暫時不要睡覺，以免醒不過來。」

「等等！不幫我照一下核磁共振嗎？我的腦袋裡說不定有血塊啊！」

「你看我這裡像是有核磁共振嗎？」附中生嗤之以鼻：「對不起我忘了你是智障，等一下吃幾顆止暈劑跟強力消炎藥就可以了。」

我超氣的，超想揍下去。

「不過你有健保吧？你這種隨便去一間大醫院掛號都可以啊，又不是槍傷砍傷那種見不得人的無敵屌傷一定要來看我，就跟醫生說你早上一起床不小心踩到香蕉皮跌倒撞到床角，還連續撞到十幾下可能撞出血塊成就，醫生就會開核磁共振的檢驗單給你了。」

「一大早為什麼會有香蕉皮可踩？」我迷惘了。

「就前一晚宵夜吃香蕉，結果習慣不好把皮隨手亂丟啊。」

「但又不可能連續摔十幾下？」

「香蕉皮很多啊，就宵夜吃超多根啊。」

「喔。」

「還喔咧，我看你可能不是中度，而是重度腦震盪。」附中生慢條斯理在病歷筆記本裡面研究起來：「想不想快點好？」

「幹！不要再問這種智障問題！」我大叫：「有可能回答你不想嗎！」

「怕痛嗎？」

「看程度啊，有人會完全不怕痛的嗎！跟治療有關的痛都不怕啦！」

「怕苦嗎？」

「跟治療有關的苦都不怕啦！」

「如果是嘴巴裡面的那種苦呢？帶著一點點酸酸辣辣的那種苦？」

「到底想說什麼？」

「單純治標的話就是吃剛剛說的止暈劑，要治本的話……嗯嗯，你這個要內外夾攻，不怕痛的話，一方面用深層按摩舒緩你的全身筋肉，能吃苦的話，另一方面用尿療法安撫你受損的內臟。」

「……」

我還在試著理解附中生醫囑的時候，他拿一張名片跟一本非常厚的書給我。

名片是一間大賣場附設按摩間，書則是《十全蔬果尿療法》，幹超厚，誰看得完。

「按摩當然是選全身按摩一百八十分鐘的豪華推拿套餐，從腳趾一路推到頭頂，把全身氣血不順的氣結全都推開，腦袋裡的震盪因子就會順勢被化解，記得最後請老師傅不要突然亂轉你的頸子，那個動作對頸椎很危險知道嗎？」

震盪因子聽起來很科學，但是……哪裡怪怪的？

「既然下定決心要喝尿就仔細看書，別喝錯口味了。」附中生臉上的笑容非常可疑：「喝錯就等於白白喝尿，會很好笑喔。」

「別想騙我。」我冷笑。

「那算了，書還我。」附中生伸手。

「別想騙我看書！直接告訴我要喝哪一種尿！」我直接戳破附中生的假面具，用全身的殺氣逼他自己翻，馬上翻：「哪一頁！直接翻給我看！」

附中生肯定是怕我不經曉茹姊同意就殺了他，馬上就翻起了書。

「你這個中度腦震盪嗯嗯……要喝的尿，成分算是很簡單啊，嗯嗯……專治腦震盪的話，尤其是中度的……嗯嗯嗯主要是鳳梨跟苦瓜，簡單說就是尿主——」

「我知道！尿主就是尿的主人！」

「對對對你講的都對，至少要維持一年以上的蔬果飲食，尿主每天都要吃鳳梨跟苦瓜，早晚都吃更好，頂多一個月只能忘記吃一兩次，而且那一兩次還不能連續忘記，必須分開忘記，這樣尿主的尿才能維持一定的鳳梨酵素與苦瓜胺基酸的濃度，精萃出一定的治腦療效，如果再加蛋的話……算了你應該不需要加蛋。」

「我去哪裡找連續吃鳳梨跟苦瓜一年的人！」我太震驚了。

「這好像不是我的問題。」附中生聳肩。

「等等，你剛剛又是什麼意思？為什麼我不需要加蛋？」我有不好的預感。

「你年紀這麼輕應該是不用加蛋。好，書我幫你翻了，你可以滾了。」附中生趕客人的嘴臉太高傲了。

「加蛋可以怎樣！」我很激動，一定有陰謀！

「加蛋可以利用蛋清粒子去激發出人尿裡的勃起激素，簡單說就是壯陽，其實這一帖尿很天然，又萃取了鳳梨，鳳梨大家都知道，有種自然爽口的甜味，苦瓜的精華讓甜味不只是死甜，簡單說就是回甘，又不傷身，但加蛋以後會很難喝，很稠很噁，很少人願意為了壯陽喝尿還加蛋啦，大多數的人喝到一半都會覺得被整了而喝不下去，前功盡棄。」

「靠我當然是不需要加蛋啦！不是因為我年輕，是因為我女朋友正到逆天！你加蛋！他加蛋！我不用加蛋！為什麼！」我對著附中生大吼。

附中生淡淡地說：「因為你女朋友超正。」

我大吼：「大聲點聽不見！」

「好好好，因為你女朋友超正OK？」附中生看了看錶：「我還要回去掃地咧。」

我拿了消炎藥跟止暈劑離開密醫家家酒之後，有一股氣在我的體內默默累積著，我也不知道為什麼，肯定是腦震盪粒子還是分子什麼的在作祟，我趕緊在病情加重之前搭小黃衝到名片上的大賣場，在地下美食街廣場的角落找到傳說中的……

5

「阿伯，請問你就是瞎眼神摸，廢哥嗎？」

「是啊，我看不見，而且我很會摸，廢是殘而不廢的廢啦。」

我站在一間小小的按摩店裡，眼前是一個正在聽收音機廣播劇的中年瞎眼阿伯。

店裡只有一張桌子、一張椅子，還有一張挖了臉洞的床。

「我是那個……就是有一個年輕醫生介紹我過來的，我要點一個一百八十分鐘的推拿全餐，醫療級從腳趾一路推到腦袋的那種，然後請廢哥不要突然用力轉我的脖子，因為我有很嚴重的腦震盪。」

「一百八十分鐘啊……很少人一次按這麼久啊……好，請趴下。」

我趴下之前，還特別交代廢哥如果發現我睡著務必叫醒我，以免我一覺不醒。

瞎眼神摸的按摩挺紮實的，坦白說我真是給那個柔道老妖怪摔到全身四分五裂，很多地方都發腫了，明天我還得跟他再打一次，現在來個全身按摩完全有必要。

按著按著，很舒服，要不是廢哥偶爾會跟我講講話，我肯定睡到外太空。

按了一個多小時，我聽見有人來找瞎眼神摸抬槓。

「老公，今天生意好像不錯喔。」

「對啊，他點一百八十分鐘耶，賺死了。」

「一百八十分鐘耶要按好久喔，老公加油！老公棒棒！」

「呵呵呵呵呵……」

講話的人好像快走了？不行！我有點好奇這個廢哥的老婆長什麼樣！

我藉故說要喝口水，翻身起來，正好看到他老婆轉身離去的前一秒。

幹！好醜！

我趴回去臉洞的時候覺得自己真是丟臉，竟然對瞎子的老婆容貌感到好奇，而且心裡默默覺得他老婆很醜也很好……不然美女配瞎子豈不是有一點浪費？我的潛意識這麼想真的是太壞了，只要是一個好瞎子，當然也可以娶美女啊！

「不小心睡著了嗎？」

「啊……沒有，謝謝。」

廢哥一邊使勁推拿我的大腿，一邊說起本來只是一般客人的老婆忽然倒追他的陳年往事。

我希望我有興趣但其實沒有，直到他開始說起他老婆有一次趁店裡沒人，忽然按一按，結果翻身一跨騎在他身上搖來搖去，說什麼也不肯下來時，我才噗哧一聲。

「你不信啊？」

「也不是不信，只是這種事哪有人會說自己遜，都馬把自己講得很厲害。」

「真的啊，她就逼我娶她她才肯下來，我能怎麼辦對不對，呵呵呵呵……」

「後來啊……」

這個後來的後來發生的故事比較有趣，就是他的老婆覺得廢哥其實沒有名字那麼廢，店裡收費誠懇實在，按摩技術又全面，於是介紹她的好姊妹來店裡消費，沒想到她的好姊妹也騎上了廢哥，這一騎，也就捨不得下來了。

真好笑。

是有多好騎。

「老公，剛剛遠遠看你就在按，怎麼按了那麼久都沒休息啊！」又有女人的聲音。

「就這個客人一次就買一百八十分鐘啊，邊按邊聊天不會累啦！」廢哥笑呵呵。

「你一定又在亂講話了喔！你不要只是說我愛騎，你自己也捨不得拔好不好！」

「呵呵呵呵對啦對啦，我也捨不得啦！」

等等，這個對話內容好奇怪，而且聲音不是剛剛那個醜女啊！

我又假裝想喝口水，這一爬起來偷看乖乖不得了，正在跟廢哥說話的阿嬸非常醜，而且完全是與剛剛那個醜大嬸是並駕齊驅的醜。

「哇，是個小帥哥。」醜阿嬸笑咪咪的：「我老公按得好嗎？」

「嗨……還不錯啦。」我不得不承認自己是有一點帥。

哇靠，還真的叫廢哥老公，這麼說廢哥真的騎了他老婆閨蜜，還騎出了二太太！

太震撼了太醜了，我趕緊把杯子放好趴回床上。

「小帥哥如果我老公把你按得舒服，以後就常來，啊如果你有要開公司，阿姨在手扶梯那邊有在賣開運水晶跟開運印章，會根據你的生辰八字挑一個好時間幫你刻，好吉利的你知道嗎……」

醜阿嬸不知道說了多久，反正我就趴著，她也就說著說著忽然走開了。

「那是我的二太太，在這裡賣水晶很出名的，不過最近的景氣實在是……」

「廢哥你太強了，我剛剛還以為你在唬爛。」

「什麼事都可以唬爛，但老婆是誰怎麼可以唬爛啊？好不容易大家有緣一起過一輩子是不是，當然要真心修幹啊。年輕人別看我眼睛看不見，雖然天下女人那麼多，只要讓我騎一分鐘就知道是不是我老婆！」

「喔……」

好像哪裡不太對勁啊……

廢哥一邊按我的腰，一邊講解如何在日常生活中培養精實的腰力。

廢哥說，江湖長期謠傳「九淺一深」是男女相幹的秘訣，其實是軟屌男自己說出來安慰自己的幹話，真正的男子漢，哪有什麼淺，通通都是深，我們男子漢的前輩趙子龍趙哥就幹得很好，當年在長坂坡上七進七粗，分子就是分母，在數學上也就是百分之百都很粗的意思。

講課的內容這麼紮實，令我睡意全消，幸好一次就買一百八十分鐘，為了燕子的幸福我一定要好好記住廢哥的每一項指示。

按摩完畢，我整個人煥然一新。

廢哥累累地坐在一旁，對著正在打烊的大賣場微笑。

此時一個陌生的醜大嬸笑嘻嘻走了過來，左手拿著一杯飲料，右手提著一大包水果，一走進按摩店就朝廢哥的臉上狂吻。

「我聽大姊跟二姊說了，你今天有一個按一百八十分鐘的好客人，好辛苦喔老公。」醜阿嬸將一杯飲料拿給我：「小帥哥，這個杏仁茶是阿姨在那邊出口賣的，賣很久了喔，很純，沒加糖，這杯阿姨請你，以後要常常來按喔！」

我真的是大吃一驚，拿著溫熱的杏仁茶久久說不出話來。

天啊廢哥！

不！是廢神！廢神竟然騎出三個老婆！

「我手好痠啊，快幫我打一打。」廢哥自己搥起肩膀。

在我還沒會錯意之前，據信是廢哥三老婆的醜阿嬸拿起袋子裡的一大顆皮切好的裸鳳梨跟一大串苦瓜，沒加水，就這麼丟進收銀台上的果汁機一打，打成一大壺超濃稠的鳳梨苦瓜汁。

廢哥沒有用吸管，就這樣拿起整壺果汁機大口大口喝。

我呆呆地看著這一幕。

「我這個老公啊，偏偏不愛喝我在結帳出口那邊賣的杏仁茶，說什麼味道怪怪的，他就愛喝這什麼鳳梨加苦瓜，你說好不好笑，鳳梨那麼甜，苦瓜那麼苦，打在一起味道才奇怪咧，還連續喝好幾年都喝不膩這一味，每天都喝喔！我家裡冰箱光是鳳梨跟苦瓜就佔了一半，就好像是我們的愛情……」

我呆呆地感受這一幕。

鳳梨加苦瓜……還連續喝好幾年……

我一口把杏仁茶喝光，雙手將空空的紙杯遞出。

「我要喝！」

廢哥跟他的三老婆嚇到了，但我沒空嚇他們，我把所有的時間都花在下跪上。

「我剛剛喝太快，喝光了。」廢哥將只剩下泡沫的空果汁機放下。

「你出去左轉馬上有一間果汁坊有在賣啦，一杯六十還是七十，小帥哥年紀輕輕不要跪。」醜大嬸趕緊扶我起來：「跪久了在地上睡著了怎麼辦？」

我太激動了。

而且我要加蛋！我要加蛋！

6

我現在的狀態很好。

在最新中了一千六百元的彩券幸運加持下，喝了五百毫升最精華的鳳梨苦瓜透過人體機制的精釀萃取液，還加了蛋。味道你不要問我，你自己去喝，我只能說每一口都心懷感恩地喝下，連黏在紙杯邊邊的泡沫我都舔乾淨了，還預購了接下來一個月的份。

睡足八個小時，凌晨五點。

我站在柔道老妖怪家的院子裡，等等打死他之後再去吃早餐。

老妖怪打赤腳走出來的時候，穿著一身柔道服，還裝模作樣綁了黑帶。

想必是在屋子裡偷偷熱好身了。

「沒叫警察，算你有種。」我看著他的鼻子，不僅歪了還瘀青得更嚴重，真好笑。

「你的槍呢？」老妖怪輕蔑地打量我。

竟然不擺架式，他就這樣隨意地朝我走過來。

不對，並非毫無防備，他跟昨天剛剛睡醒一臉呆樣的老人完全不同，明明只是隨意走路，卻完全沒有空隙。

不過我也不是好惹的！

「殺你只用空手道，不用槍。」我受過一百八十分鐘完整的按摩，完全不怕。

老妖怪忽然停下腳步，皺眉：「你嘴巴有怪味，你剛剛喝尿嗎？」

我大怒，一拳刺出。

老實說，真的是老實說。

老實說身為一個職業殺手，我除了用槍之外，手腳的技術也很不錯。就用特務或殺手的標準來說好了，如果麥特戴蒙演的傑森包恩在手腳攻防上有一百分的戰鬥力，那麼，丹佐華盛頓演的那個私刑教育叫什麼的前任特務大概也可以拿一百，都爆強，湯姆克魯斯演的不可能的任務裡的伊森杭特大概有八十分，湯姆克魯斯另外演的那個軍隊調查員傑克李奇應該有九十分，我大概可以拿六十分及格，真心不騙，就一個主要靠拿槍吃飯的真實殺手來說，這實力已經可以交代過去了。

但這個老妖怪的戰鬥力，至少有八十！

在接下來的五分鐘裡，我大概有二十拳都揮空了，另外有三拳勉強勾到了老妖怪的臉，我飛來撞去的次數多到無法計算，好像喝醉了，幾乎沒有一刻能好好站穩。

要不是……

「要不是我還沒完全恢復，你的肩膀早就脫臼了！」老妖怪得意洋洋地擦去嘴角上的血：「再來！」

恐怕沒錯，但也不對。

「來啊！你過來啊！」我大吼，卻忍不住往後退了一步。

老妖怪沒有完全恢復的不是技巧，而是體力。

他的招式基本上都是借用了我的勁，借力打力，如果我揮小拳，被抓住反摔的力道就小一點，要是我以為逮中了好機會揮出一決勝負的大拳，半個身體都會被他反砸在地上，內臟會瞬間移位的那種巨震。

無止境破壞對手的平衡是柔道的基礎，這個柔道老妖怪只花了一天就找回了最佳狀態，幹。

「老屁孩，別以為我看不出來，你根本沒體力了。」

「八十七歲沒體力很可恥嗎？你三十出頭就喘成那樣才好笑！告訴你我年輕的時候在道場連摔一百個胖子才流半條毛巾的汗！」老妖怪拍拍腰上的黑帶：「對你，只要我的手還有拿起筷子的力氣，加上技術就足夠了！」

「啊？什麼技術？」我裝傻：「我剛剛都是自己跌倒的啊。」

「小王八蛋！輸給八十七歲老人的技術還嘴硬！」老妖怪大怒。

「我故意跌倒你竟然以為是你技術好？天啊好好笑啊！」我捧腹大笑。

不意外老妖怪惱羞成怒，馬上兩隻手爆抓過來，我的衣領被抓住的瞬間，一個醞釀已久的頭槌就往他的臉砸去，老妖怪沒有鬆手，順勢將我反摔出去。

我倒地，老妖怪也躺了下來。

天旋地轉的我一時之間爬不起來，老妖怪也發出了嗚嗚嗚很娘砲的呻吟。

當我好不容易以跪姿從地上將自己撐起時，仔細檢查地上，並沒有看見從我耳洞迸出的腦漿，感到萬分僥倖。但老妖怪還躺在地上狂噴鼻血。

殺人不是比賽，不談對等。

沒有所謂的「如果我槍裡還有子彈，誰輸誰贏還不知道呢！」、「假若剛剛最後一擊站在逆光的不是我，倒下的一定是你！」、「要不是我上個星期斷掉的肋骨還沒好，今天肯定不會輸給你！」、「幹你帶了十幾個人圍攻我，還好意思說今天就是我的末日！」、「要不是那台車突然闖紅燈撞向我，我一定射中你了！」、「要不是昨天我才剛剛跟鐵塊決鬥完耗盡力氣，你在我手底下根本活不了十招……」這類的幹話。

倒地不起的是你不是我，別怪任何人。

我走過去，抬起腳，對準腳底陰影下的老妖怪。

「趁人之危……也是空手道的招式嗎？」老妖怪咬牙。

「這一腳當然是空手道裡的招式，叫做蝸牛碎，顧名思義就是把腳底下的任何東西都當作蝸牛一樣踩碎，非常殘忍，通常踩一下還不會死，要連踩十幾下。不過我功力高，你的頭蓋骨又軟，三下以內就可以結束你的痛苦。」

「我的頭蓋骨才不軟！」老妖怪氣得發抖，就是爬不起來。

「非常軟。」我閉上右眼，撐大左眼，好好瞄準腳底下的老妖怪。

「我每天都有喝牛奶！脫脂加鈣！」老妖怪悲憤不已。

「那種都是調味的香精，沒營養，後悔了吧。」我冷笑，得仔細瞄準才行。

「我還有在裡面加芝麻粉！等我一個鯉魚翻身，臭小子你就死定了！」

「芝麻粉好吃又補鈣，但我賭你沒有天天吃。」我深呼吸，差不多瞄準好了。

老妖怪忽然抓住我的腳掌，一個扭轉，將我半個身體翻了過去。

也藉著我這一翻，老妖怪竟然跟著這股勁將自己轉了起來。

「哈哈哈哈哈你話太多了！這下子你完全錯過殺死我的最後機會了哈哈哈哈！」

老妖怪搖搖晃晃，擺開了放手過來受死吧的架式。

我將腳尖轉了轉，確認一下扭傷的狀態，嗯嗯還好沒什麼大礙。

「你剛剛選擇扭我的腳，而不是伸手打我空門大露的睪丸，你已經徹底完蛋了。」我冷笑，扭了扭脖子。

「趁人之危打人睪丸絕對不是柔道精神，昨天只是我看你卑鄙無恥，故意以眼還眼教育一下你，你還真以為你全身上下只有睪丸才是你的要害？哈哈哈太天真啦！在我的眼裡，你只要沾上了我的手，你全身上下都是睪丸！」老妖怪故意慢慢講話，總算是恢復了正常的呼吸節奏。

差不多了。

我要殘忍地結束這一切，去吃四海豆漿了。

「有什麼最後的大絕招儘管使出來吧，我要用正宗空手道破解它，讓你含恨而死。」

「絕招只是低手虛構出來的卡通玩意兒，真正的高手——」老妖怪舔著鼻血，裝出一代宗師的嘴臉：「每一招都是絕招！」

我抱拳衝出。

我準備好一記好抓好摔的假大拳，實際上卻是一記精準刺喉的輕盈飄拳。

老妖怪張開雙手，迎接最後的死亡陷阱。

「八十七歲，很適合隨便死掉的年紀！」

「你年紀輕輕就死了真好笑啊！」

啪！

7

小心翼翼舀起溫豆漿的時候，我一直在思考。

老妖怪最後施展的那一招龍捲風過肩摔，如果發揮全了，如果他的力氣還在，如果我不是好死不死用後腳跟勾到他的睪丸，我的右手還會不會黏在肩膀上？

好恐怖的招式。

我將湯匙放回豆漿裡，看著豆漿上面漂著半顆牙齒。

是我的吧？應該是我的吧？不可能是老闆剛剛張大嘴不小心掉進去的吧？

我用舌頭舔了舔嘴巴裡面，嗯嗯果然，有一顆牙齒斷了半截，太好了它肯定本來就是顆蛀牙才那麼脆弱，被摔裂我一點都不覺得可惜。反正，比起我區區半截斷牙，老妖怪再度被我打歪的鼻子才是大爆笑，今天晚上他一定呼吸不順暢，鼻血阻塞，十之八九拖不到明天早上就會在床上窒息而死，這就是空手道的暗殺絕招——鼻竇窒殺法。

我欣慰地捧起溫豆漿，混雜著口腔裡灼熱的血腥味，用最慢的速度喝完。

放下碗，壓抑住從喉嚨深處湧出的鐵味。

「這位帥哥……你這裡……」在隔壁桌收拾的大嬸比了比我的鼻子。

我摸了摸，啊幹，又流鼻血了。

說來丟臉，身為職業殺手，我被子彈擦傷、被刀砍到、被撞碎的玻璃割傷的次數比小小的流鼻血還多，但造成我流鼻血的原因卻拖了兩天無法解決。

手機震動，來電顯示是曉茹姊。

「事情做完了嗎？」

「以非常好的節奏進行中。」

「……什麼叫非常好的節奏？你正在打嗎？」

「不，剛剛打完今天的份，預計明天結案。」

曉茹姊嘆了一大口氣，好像是小孩子要上音樂課卻忘了帶笛子，哭著打電話回家叫媽媽手刀拿去學校警衛室時，媽媽掛上電話前的仰天長嘆。

「阿樂，那個老頭是不是有什麼遺願，你看他可憐故意多給他幾天去做？」

「沒有。」

「既然你不是特別善良，就只剩下兩種可能。」

「我知道，一是我白痴，二是我根本打不過那老妖怪。」

「你是哪一種？」

「我不是白痴這個全世界都知道，二的話毫無可能，我完全就是壓倒性屌打他。現在的狀況是……嗯，今天一大早我去殺他時，發現他完全沒有叫警察，非常誇張，為了鼓勵他遵守昨天的約定，我決定先痛扁他一頓就好。對，就是這樣。」

「阿樂。」

「是。」

「你腦震盪有吃藥吧？」

「有，吃的喝的都有。」

「彩券還有中獎吧？」

「有中一千多的。」

「好，如果你明天再搞笑的話，我會找別人去幹掉那老頭。」

通話結束時，我忍不住替曉茹姊覺得悲哀。

我可是在無法十日最後一個小時潛入警政總署大幹一場的傳奇殺手，到底有誰可以取代我？最後殺死這個柔道老妖怪的人，只有我，必須是我。

全身痠痛地離開四海豆漿後，好想補眠，避免一覺不醒，我去市立圖書館充滿冷氣的夾報房睡覺，兩個小時後就被管理員叫醒。

中午在市區晃來晃去，尋找有沒有新開的咖哩飯。

咖哩飯就是燕子的味道。

我當然很想燕子。

她這一趟去印度出差去了好久，晚上也沒打電話給我報平安，令我有點擔心。擔心她亂吃東西吃壞了肚子，擔心她不懂得怎麼拒絕排山倒海的搭訕，擔心她太想我卻因為時差捨不得打電話給我打擾我睡覺，擔心她擔心我有沒有忘了想她。傻女孩我怎麼可能忘了想妳。我非常想妳。

我總算找到一間之前沒跟燕子一起去過的咖哩飯。雖然我自己吃不出來到底優不優，但戀愛的本質就是努力，我很專心地豎起耳朵，聽聽看其他來吃飯的人有什麼評價，可惜現在的人吃飯都一邊滑手機跟拍照打卡，沒聽到什麼具體感想。

雖然我的身上又多了很多挫傷，但止暈劑跟消炎藥我還有一大包，我直接到大賣場報到，按了一百八十分鐘，外帶一杯人體萃取鳳梨苦瓜精華液，加蛋。

為了燕子的幸福，我捏著鼻子，努力了十分鐘總算喝乾淨。

隔天凌晨，我再度出現在柔道老妖怪的家院。

院子收拾得非常乾淨，幾十座陳舊破損的獎盃被擦得閃閃發亮擺列整齊，雜物也清空了。沒有警察，沒有埋伏，只有柔道老妖怪一個人做著軟身操，全身散發出一股熱氣。

老妖怪鼻青臉腫得更嚴重了，我懷疑他布滿血絲的眼睛到底還看不看得到。

「臭小子，別說我沒警告你。」老妖怪轉轉頭，扭扭手腕。

「又想說什麼幹話。」我不用熱身了，超實戰的我可是一路慢跑過來的。

不過，老妖怪今天的確不同。

臉腫成超級豬頭的他，眼神卻非常犀利，跟第一天恍恍惚惚出來倒尿的糟老頭，完全判若兩人。這難道就是傳說中的覺醒嗎？

不過，我也不是白白挨了兩天的摔。

我慢慢脫掉了上衣與長褲，全身只穿一件超貼身的四角尼龍短泳褲。

「這下子看你怎麼抓我。」我臉上的表情一定很賤。

老妖怪哈哈大笑：「白痴！我年輕的時候受邀去對海龍部隊進行實戰教學，當時他們不只沒穿衣服，泳褲還是三角的，我都照摔！你這條四角褲我怕個屁！」

他一邊嗆我一邊走過來，每一步都很穩定。

「還有，奉勸你一句，最好忘記你說要用什麼空手道之類的話，你根本不懂。儘管用你的下三濫手段打過來吧，看是要鎖喉、戳眼、撩陰、挖肛，還是折手指，通通都來吧，繼續拘泥在你幻想中的假空手道，今天你一定會死。」老妖怪走在我面前，只有一伸手的距離。

「真的有人在實戰中挖肛嗎？」我很訝異，準備接招。

「實戰的殘酷不是你們年輕人可以想像的！」老妖怪顧左右而言他。

「所以是你挖肛別人，還是被別人挖肛過？」我張大嘴巴。

即將發難的老妖怪忽然停手，用力皺眉。

「為什麼你嘴巴有尿味？」老妖怪作勢嘔吐。

我大怒，一拳揮出。

8

手機出現曉茹姊的來電顯示時，我正坐在便利商店裡，拿著剛買的冰塊包敷臉。

我的肩胛骨、手腕、上手臂關節都非常疼痛，還以為老妖怪的手勁在昨天幾乎歸零了，今天卻不可思議地回春，他盡可能抓住每一吋可以碰著我的地方，摔我、砸我、勾我、扭我、折我、纏我，直到我的四角泳褲被扯裂了才休戰。

「嗨。」我接起電話的心情意外地平靜，一定是腦震盪的症狀加劇了。

「你又失敗了。」

「其實是在通往成功的路上，現在看的都是沿途風景。」我真的很平靜。

「你連一個八十七歲的老人都打不過。」

「他不是一個普通的老人，他是警備總部三十幾年的柔道總教練。更重要的是，他一天比一天還強，印證了活到老學到老這條金句。」我真的身心靈都很平衡：「這樣很好，如果我第一天就把他殺掉，我就只是在虐殺一個一腳踏進棺材的老人。現在他漸漸恢復往日身手了，我再把他殺掉，就是執行一個職業殺手的任務。一切都在掌握之中。」

「阿樂。」

「嗯？」

「剛剛我借了附近一間大樓的陽台，用望遠鏡看了你的鬧劇。」

「幹妳偷看我執行任務！」我整個暴怒，身心靈瞬間被摧毀殆盡。

「你穿了一條內褲跟一個全身都是老人斑的老頭打了一個小時，還打輸。」

「我沒輸！而且那不是內褲！是泳褲！」我很激動。

不意外，我又聽見了曉茹姊那一聲長嘆。

我用殺人的眼神逼退想叫我不要吼那麼大聲的便利商店店員，對不起，但現在你敢叫我閉嘴我就……我就我就……

「阿樂，你全身都是老人的指甲抓痕。三天了，不丟臉嗎？」

「他不是一般老人，他是已經覺醒的柔道妖怪。」我咬牙切齒。

「他不是一般老人，但你也不是普通老百姓。」曉茹姊淡淡的聲音，聽起來非常酸：「你是一個殺手，雖然是業餘的，但也做了好幾年。」

「幹幹幹！我什麼時候變成業餘的？」我完全失控了，轉頭對一直打量我的便利商店店員大吼：「看三小！沒看過草莓族崩潰是不是！」

曉茹姊不疾不徐：「無法十日結束那一晚，你打電話給我，跟我說什麼？」

我深呼吸：「……下給我最不可能的單。」

「我下了，叫老茶在十二點前死在警政署裡。你沒接。」

「對，因為另一個經紀人叫我救老茶出去，那張單更有挑戰性。」

「後來的事你跟我說了。燕子跟你一起在槍林彈雨中把老茶救出去，達到你身為職業殺手的最高峰。結果一逃出警署，燕子忽然發神經朝老茶射出飛刀，你沉迷女色，眼睜睜看著那把刀插死老茶，我沒說錯吧。」

「我根本不可能接住燕子的飛刀，沒人接得住。」我百口莫辯。

「那天晚上你有一億的運氣，然後你說你接不住？」

「妳不在場根本不了解。那種距離，燕子別說殺老茶了，順便殺死我都可以。」我覺得心裡的苦正在蔓延出來：「後來燕子跟我在一起啦，我很開心，這才是為什麼明明就不是接妳的單，我卻願意跟妳說那天晚上發生什麼事的原因。曉茹姊，我好好跟妳分享一個我很高興的愛情故事，現在妳在跟我嘴什麼……我不夠專業？」

「你太散漫了阿樂，自從你談戀愛以後就越來越心不在焉，所以我才把這麼廢的一張單子下給你，其他殺手，職業的，都去幹別的案子，沒人有空殺八十七歲的老人。我還以為你輕輕鬆鬆幹完這一票，可以振作一下，沒想到你根本就被那老頭痛扁。」

「龍爭虎鬥！」

「好，你穿了一條內褲——」

「泳褲！Speedo的！」

「好，你穿一條Speedo泳褲跟一個八十七歲的老頭龍爭虎鬥，連鬥三天不分高下，明日相約再戰對吧？希望你們明天都可以有充分的運動家精神，戰鬥到其中一個人確實死掉，不要打到褲子破了累了肚子餓了想睡覺了就住手。我個人希望，明天死掉的人不是你……」

我忿忿不平地掛掉電話，一時之間無法決定是要大哭還是大叫。

我是職業殺手。

我是職業殺手

我是！

職業殺手！

9

隔天，也就是第四天。

早就做好操的柔道老妖怪，氣定神閒地坐在小板凳上等我。

我只穿了普通的運動服應戰。

「怎麼不脫光啦？我還以為你要在裸體上塗油！」老妖怪呵呵。

為什麼？

因為幹你娘曉茹姊拿著望遠鏡在偷看！

「今天就是你的死期，讓你死得心服口服一點。」我擺開架式。

遲遲沒有接到燕子報平安的電話讓我心浮氣躁，令我無法發揮全力，老妖怪因此又撿回一條小命。不，老命。

第五天，傾盆大雨。

我跟老妖怪在大雨中死鬥了一個多小時。

曉茹姊沒有再給我打電話，倒是我傳了訊息請她用各種辦法幫我聯繫燕子。

我吃了三碗加大份量的咖哩飯。

第六天，毛毛雨。

我發著高燒，跟同樣燒到視線模糊的老妖怪在地上打滾纏鬥。

打完後曉茹姊早已幫我掛號，看大安路的林青穀耳鼻喉診所，打了黃黃的特效藥。

今天勉強吞下去的兩碗咖哩飯都沒什麼味道。

「燕子有消息了嗎？」

「不要急。沒有壞消息就是好消息。」

第七天，天氣晴。

我燒退了是退了，但全身無力。

我孱弱地跟比我更虛浮無力的老妖怪，在他家院子亂打一通。

才打五分鐘老妖怪就抱著我狂吐，但沒吐出什麼，只聞到很噁心的胃脹氣，兩個人都打得很掃興，沒意思，我揮揮手就轉頭回家喝尿了。

躺在床上，不祥的預感越來越強烈。

我手抽筋，連發了三十幾通簡訊給曉茹姊，她完全未讀。

我懷疑曉茹姊根本封鎖我。

第八天凌晨，起床時我就感到源源不絕的，憤怒的力量。

燕子，依舊是下落不明。

我握起拳頭發出吱吱吱的聲音。狀態豈止非常好，根本就是頂尖。

院子裡的死門只進行了半分鐘，我就知道柔道老妖怪還沒完全恢復過來，他什麼像樣的招式都沒使，把僅剩的力氣都花在踢我、揉我、戳我的老二上，十分可笑，也十分惱人。

年紀大了，回復力也太低落了吧。

不過關我屁事，老妖怪你死定了，我今天非常不爽！

我爆發性揮出一拳，老妖怪重重倒地。

我看著倒地不起的老妖怪。

很好，我一個膝蓋下落，用全身的重量直接砸在他的喉嚨上就能結束這一切。

覺悟吧老妖怪，別擺出那個病懨懨的臉，太假了……

啊！

慘了，慘了慘了真的慘了，我忘了有一場我很想看的冷門電影，快沒有場次了，不過在華山光點還有一場早場限定的關鍵場次，快下映了說不定導演也會去做點什麼映後座談，好像非常難得啊……可惡，為什麼偏偏就是在今天早場呢？

呸……不小心又讓你逃過一劫！

「去看這間耳鼻喉科的時候，記得自費！自費打一針維他命B群，很有用，之後再去這個大賣場找這個叫廢哥的人按摩，按一百八十分鐘。不准喝尿。」

我把林青穀診所名片跟廢哥按摩店的名片，一起丟在老妖怪悲憤不已的臉上，大吼：「明天！我一定打死你！」

老妖怪不領情，躺在地上咆哮：「過來打死我啊！快點過來打死我啊！」

對不起，沒空理你這個老廢物，我要去看早場電影了。

我對著不知道藏在遠方何處的望遠鏡立正敬禮，再用翻白眼的表情比了一個割喉噴血的動作，最後用力拍拍胸膛作為保證，希望曉茹姊看得懂，快點看我的簡訊。

但沒有。

曉茹姊完全不想鳥我。

第九天，天還沒亮，躺在床上就聽見外面下了好大的雨。

我看了一下手機的天氣預報程式，這大雨要下到晚上才會完全結束。

老妖怪……就算身體在昨天神速復原了，等一下就在大雨中死鬥也太那個那個……算了我不會說，我自己是不想感冒啦。對啊，誰想感冒啊，上次打到發燒實在是元氣大傷，尿都白喝了。

今天就睡飽睡滿吧，如果老妖怪在雨中等我，只能算他白痴。

我一直睡到下午三點，才被曉茹姊的電話吵醒。

「燕子有消息了嗎！」我翻身而起。

「你今天早上打死老妖怪了嗎？」

「沒，因為下大雨。」我有點心虛。

曉茹姊在那頭沉默了片刻，好像費了好大一番努力才沒把電話掛掉。

「聽仔細，我用了一些方法聯繫上了燕子。總之她完成了任務，人也平安。」

「太好啦！什麼時候回台灣！」我幾乎要握碎手機。

「阿樂，是男人的話，為什麼不趁她回台灣以前，去印度給她一個大驚喜？」

「是嗎！我怎麼沒想到可以這麼做！」我太激動啦。

「時間不等人，燕子散夠了心隨時都會回來，你得快！」

「好！」

「快的意思你明白嗎！」

「明白！我馬上……不，明天一早！我就去打爆那老妖怪！」

「很好，機票我幫你訂了，明天早上七點半華航直飛新德里，六點機場報到。」

「這麼快！」我嚇了一大跳。

「阿樂。」曉茹姊的語氣變得非常嚴肅：「你必須在出發前完成你的任務。」

我在床上拳打腳踢，興奮無比。

印度！

我要去印度給燕子一個大大的驚喜！

我拿著傘衝到街上晃來晃去，碰碰運氣，希望可以在去印度前找到以前從沒吃過的咖哩飯，等到我跟燕子一起回台灣，我馬上就可以帶她狂吃，她一定非常感動我的用心。

一想到燕子，就覺得很有必要在出發前多多喝尿，而且託運的行李箱裡面可以放液體不會有問題，我應該盡量用特大號保溫瓶多裝一點，在見到燕子前通通喝光就是了。

我趕緊打電話給廢哥預約，請他多多喝水，傍晚再去找他買。

雨真的下得太大了，下得我膝蓋以下全濕，鞋子裡都是唧滋唧滋的泡水摩擦聲。不只咖哩飯，很多賣吃的店家都沒開，我一無所獲，只好隨便在路邊吃了一盤炒飯，再去書店翻翻架上的印度旅遊書，把幾條經典的景點路線背起來……明天把老妖怪殺掉以後，馬上搭曉茹姊預訂的班機飛印度約會，一種畏罪潛逃的概念。

從書局離開後，我馬上去大賣場找廢哥。

「要出國啊？」廢哥一邊按摩一邊抬起頭：「我今天拚了命的喝水呢。」

「對啊，我要去印度找女朋友。我女朋友真的超正！不過你三個老婆更厲害啦哈哈哈哈！」我笑笑，拿出鈔票放在收銀台的瞬間就嚇瘋：「幹！老妖怪！」

廢哥正在按摩的那個客人聽到我的叫聲也嚇瘋了，翻身而起，當然就是死裡逃生的老妖怪無誤。

「今天沒打，你來這裡按什麼！」我惱怒。

「一整個早上我都坐在屋簷下喝茶等你來送死，我還喝到胃痛！你竟敢不出現！」老妖怪一開始氣呼呼，說著說著怒極反笑：「你該不會是放棄了吧？連打死一個老人都可以半途而廢！真好笑啊好好笑啊！」

「放棄個屁，我明天早上出國，不等太陽出來就打死你。」我真想現在就動手。

廢哥反正是眼瞎心也盲，完全搞不清楚狀況，只是拿了兩千毫升寶特瓶裝的尿給我。我萬分恥辱地拿了過來，手指的觸感還溫溫的。

嗶嗶嗶，嗶嗶嗶，計時的鬧鐘響了。

「剛剛好一百八十分鐘。」廢哥笑笑地打開收銀台：「小帥哥，謝謝你介紹這麼好的客人給我，雖然上了年紀又一身是傷，但骨頭很硬啊！以後都要常來。」

我冷笑：「以後他是不會再來了。」

老妖怪輕蔑地付了錢：「是啊，讓我來的理由很快就消失了。」

離開廢哥的按摩店，我拿著一大瓶溫尿在大賣場裡慢慢走著，老妖怪走在我旁邊，不知道要去哪裡。去哪都好，就是別問我手裡拿的是什麼，不然我馬上揍死你。

不知道是不是心理因素，我的眼角餘光感覺到老妖怪正盯著我手上的尿。

我的耳根子發熱，一路熱到了脖子以下。

等等……老妖怪的嘴唇在震動……好像要開口了……糟糕糟

糕糟糕！

「按得怎樣？」我搶先開口。

「什麼按得怎樣？」老妖怪愣住。

「你果然被我揍到變白痴嗎？當然是問你按摩按得怎樣！」

「嘴巴放乾淨一點。」老妖怪點點頭：「按的手勁很不錯，雖然燒退了，但全身肌肉還是很緊繃，那瞎子按一按就慢慢鬆脫了，很好。」

「不要叫人家瞎子，要叫他盲眼人士比較尊重。」

「是，的確該稱呼盲眼人士。按得很舒服，一百八十分鐘我睡了一百分鐘有吧，真不愧是屏棄了視覺，將所有才能都集中在手指上的行家。」

「尤其是腰。」我補充。

「是嗎？我睡太久了。」老妖怪扭扭腰感覺一下：「如你所言，腰的確按得好。」

「他有教你平常怎麼保養你的腰嗎？」

「我只來了兩次，兩次按沒多久就睡著了。怎麼？有特殊的秘訣嗎？」

「其實也不是什麼特別的秘訣，主要是姿勢，像這樣……」

為了避免聊到我手上的尿，我用決鬥的精神將話題緊緊纏繞在按摩的各種細節上，只要把話題撐到大賣場門口，他走左，我走右，他走右，我就走左，那便行了。

我的鼻子忽然抽動……好熟悉的味道，是咖哩。

一張皺皺的廣告單被工讀生塞在我的手裡，上面寫著「幻之絕技咖哩飯試賣會，今日19:00奇蹟引爆，咖哩大胃王的誕生！」。

試賣！也就是新開的店是嗎？是吧！

大胃王？是要比賽的意思嗎？

我大驚失色：「現在是幾點！」

工讀生一臉沒睡醒：「關我鳥事。」

老妖怪迅速抓住工讀生的手，反向一折，工讀生瞬間雙腿軟倒。

「幾點？」老妖怪活太久了，講話超沒品。

「六點……六點五十五……」工讀生唉唉叫，但我一點也不同情。

「明天一大早我去打死你！不死不散！」我跑向廣告傳單上說的位置。

「我也要吃！」老妖怪快步跟上。

什麼！你這個陰魂不散的臭老頭！

10

在大賣場主辦咖哩飯大胃王比賽的，是一間叫幻之絕技的新店。

據廣告單的描述，老闆本來是在一間小學對面開早餐店的，後來因為大受歡迎，就隨心所欲轉型成日本料理，其中以老闆親自捏製的超溫暖握壽司最為遠近馳名，在老饕間口耳相傳後，終於受邀到大賣場展店，但老闆為了不重複自己，抱持著不斷創新的精神，這次不開早餐店也不握壽司，專攻咖哩飯，而且只賣一種咖哩飯……

一生懸命，一個廚師只為了一種食物而生，就是這個意思吧！

「奇蹟的咖哩飯？」我在店門口勉強找到位子坐下時，老妖怪也擠了過來。

大概有一百多人將店門口外面的美食區位子坐滿了，都在議論紛紛這唯一販賣的奇蹟咖哩飯是牛肉、豬肉、雞肉還是羊肉？難道會是魚肉？比賽又要怎麼比？

老闆是一個不修邊幅的大胖子，被工讀生催促上台的時候，他還在底下瘋狂打手機遊戲，台下的大家都在等他說話，他卻一臉憤怒地盯著手機螢幕狂打，不曉得連輸幾場後終於贏了，他才把手機放回口袋。

「我叫肚蟲。目前為止沒問題吧？」

怎麼可能有問題。

很明顯，這位叫肚蟲的老闆一看就知道是忽略生活，拒絕社會化，無視眾人眼光，從心的最深處屏棄所有關於美醜的世俗觀念，將熱情通通集中在美食……跟某一款手機遊戲上的廚藝大師。

「大家注意一下，這是試賣，不是試吃，試賣就是要收錢。」肚蟲老闆漫不經心地看著大家：「一碗一百塊，吃兩碗兩百，吃三碗三百，今天晚上吃最多碗的人就付最多的錢，很合理吧？」

很合理，但大胃王比賽是怎麼一回事呢？大家的目光都發出一樣的疑問。

「比賽啊，就是吃最多碗的人可以得到這張小獎狀。」肚蟲老闆拿出一張護貝好的照片。

用我職業殺手級的視力仔細一看，那是年輕一點的肚蟲老闆跟美食節目主持人陳美鳳的握手合照，上面還有他跟陳美鳳的簽名——也就是傳說中的聯名！

「憑這張小獎狀可以在一年內不限次數到店裡吃咖哩飯，隨便你吃幾碗，爽吧？」

爽！

大家一陣驚呼，擊掌聲絡繹不絕。

有一個小孩舉手了：「那奇蹟咖哩飯是哪一種肉？」

「問得好。」肚蟲老闆點點頭，大聲宣布：「那麼現在開始付錢比賽。」

好耶！

大家迫不及待開始點餐。

比賽非常公正透明，每個人拿到的飯量都很多，超級一大碗，淋上的咖哩份量不管是什麼肉，總之毫不手軟，真的就是肚蟲老闆親自一大瓢一大瓢地淋上去，完全不燙，而且連溫都稱不上，還有一點冷冷的。

很快地，我就聽見懦夫的抱怨聲此起彼落。

「幹難吃死了！」

「爆爛！還錢啦！」

「根本就吃不出是什麼肉！」

「第一次吃到冷的咖哩，這個世界上哪有冷的咖哩！」

「什麼冷！根本就是冰的！好爛！」

「奇蹟在哪！操你媽奇蹟在哪！」

「奇蹟個屁！退錢啦！」

「我回去烙賽的話一定告你！告死你！」

「奇蹟得難吃！假賽！」

肚蟲老闆也不辯駁，直接抱出一大缸的肉鬆放在店門口。

原來……這就是奇蹟！

我徹底服氣了，肉鬆的確是萬用聖品，不管你吃什麼，加肉鬆就對了。不好吃也會變好吃，好吃的話更好吃，絕對不會出錯。而且加越多越好吃，加到食物的原味都被肉鬆強烈的氣味搶過去也沒關係，反正肉鬆本來就比較好吃！

「隨便加。」肚蟲老闆一說完，大家就衝過去挖肉鬆。

天啊隨便加！這根本就是超划算的大放送啊！

大家吃著蓋滿肉鬆的冷咖哩飯，馬上少了一大半的抱怨。

「有肉鬆就早點拿出來嘛！」

「這肉鬆不曉得是哪一種肉的肉鬆？」

「看在肉鬆的份上我就勉強吃一半吧。」

「雖然咖哩還是很難吃但至少可以把咖哩撥到旁邊，直接肉鬆配飯。」

「為什麼不直接賣肉鬆配飯呢？」

十分鐘過去，有九成的人吃完肉鬆後就氣呼呼走了。

十五分鐘過去，幾乎所有的人都走光了。

而我，覺得加了肉鬆真是超好吃！

老妖怪也一直吃，大概是白覺死期不遠，能吃多少就吃多少吧。

「老闆！再一碗！」我興奮大吼。

「我也再一碗。」老妖怪手裡的碗也空了。

我發現比賽現場一百多人都走光光了，只剩下我跟老妖怪。

「給錢就可以繼續比。」肚蟲老闆親自為我們添飯淋醬。

這可能是至今為止我遇到燕子之外最幸運的事吧，才吃了一碗飯就淘汰掉幾乎所有人，剩下的唯一對手，是一個八十七歲的老頭。老人的新陳代謝根本無法跟我相提並論啊！人體真是太奧妙啦！

我吃了一碗又一碗，每一碗都加了很多肉鬆。

老妖怪也維持著穩定的速度在狂吃，卻一湯匙肉鬆都沒有加。

到了第五碗，我已經飽到牙齒發抖。

老妖怪一隻手抓著肚子，好像在調整內臟的位置清出多餘的空間，繼續吞飯。

「你不要太勉強。」我好意勸他：「年紀太大吃那麼多東西，對身體很不好。」

「……那你認輸啊。」老妖怪冷笑，眼角都因為吃太飽滲出淚光了。

「不是我認不認輸的問題，是你這樣吃很不健康。」我非常溫柔。

「呵呵……你很怕輸給我這個牙齒都掉了一半的老頭吧……」老妖怪撝著嘴怪笑：「臭小鬼你的演技太假了。」

「幹我要再吃一碗！」我大怒，拿出一張一百元用力拍在桌上。

「老闆，麻煩再給我一碗。」老妖怪慢條斯理地放下空碗。

第六碗跟第七碗都在漫長的咀嚼與肉鬆的香味中度過了。

第八碗的勝負特別緩慢，足足吃了一小時都沒吃完。

「老屁孩，你幹嘛非得跟我作對……你又不特別愛吃咖哩飯……」血糖飆高，令我感到暈眩又憤怒。

「對，我不愛，但我就喜歡你輸給我。」老妖怪用湯匙將黏在嘴角的飯粒奮力塞進去。

「你個性有夠差！也不想想是誰推薦你來這裡按摩……算了，反正你也贏不了我。告訴你，你吃太飽被我一拳打在肚子上，胃會整個破掉，那種死法非常痛非常丟臉，你自己想清楚。」我辛辛苦苦又多加了兩瓢肉鬆，刺激我完全消失的食慾。

「我只要一想到，你拿不到免費吃一年份的咖哩飯獎狀，我就胃口大開啊。」老妖怪笑咪咪地吃著飯，另一隻手持續抓著肚子調整內臟。

可惡！

可惡至極！

「老闆！可以一邊吃一邊揉肚子嗎！」我氣急敗壞舉手。

「你也可以揉啊。」肚蟲老闆聚精會神地打手機遊戲。

「我不想揉！我想去大便！」

「隨便，你想吐還是大便都可以。」肚蟲老闆打得很激動：「比到打烊為止。」

好！我馬上衝去廁所搥肚了催便加催吐，不管是從嘴裡噴出還是從屁眼擠出，都很有收穫。短短五分鐘後我就衝回來再要一碗。

第九碗，絕對是我極限的極限了，也百分之百是老妖怪的最後一碗。

因為——飯沒有了！

「是喔，那誰吃完誰就是冠軍。」肚蟲老闆坐在櫃檯後面繼續玩手機。

這沒問題，有問題的是……

我看著空空如也的肉鬆缸。

「老闆，肉鬆沒了。」我很有禮貌地問。

「喔。」肚蟲老闆打得很專注。

「還有肉鬆嗎？」

「你剛剛不是說沒有？」

「不是，那還有嗎？就是……從別的地方搬來新的肉鬆？」

「你覺得可能嗎？」

我默默回到座位，看著完全沒有加肉鬆的滿滿第九碗。

老妖怪吃到淚流滿面，但滿臉笑意，想必是太過高興流下的淚水。

「你高興也無所謂，不高興也隨你便，反正你就快死了，贏了又怎樣呢？」我壓抑想馬上開幹的怒火。

「贏了就是爽。」老妖怪笑呵呵地吃著飯。

幹……說得一點都不錯，無法反駁。

「雖然打死你再從你屍體上搶走也可以，但我給你一個機會。」我好成熟好得體：「多少錢？我跟你買。」

「買冠軍嗎？這就是你的人生觀嗎？冠軍是可以用買的嗎？你這個年紀的小屁孩就是抱著這麼僥倖的心態才會輸給這個世界，輸給自己，輸給冷掉的咖哩飯，輸給我！哈哈哈哈哈我才不賣，以後我要天天來這裡吃很難吃的咖哩飯，每次我吃不下去的時候，就會想起你輸了只好低聲下氣求我賣你冠軍的可恥嘴臉！」

我大怒，狂暴地挖起飯就往嘴巴裡塞。

但沒有肉鬆。

沒有肉鬆的結果，就是我連吃一口都咀嚼超過十分鐘還無法下嚥。

而老妖怪笑到流淚地看著我，展示他只剩區區幾口的咖哩飯。

「依賴肉鬆的結果，就註定敗給了肉鬆。臭小鬼，你沒有槍就殺不了人的話，明天一早就允許你說一句……用槍也是近代空手道的一部分吧。」

我嘴巴裡都是嚼爛卻吞不下去的飯，無法反駁，只能眼睜睜看著老妖怪將最後兩口飯扒光，在我面前拿走了肚蟲老闆跟陳美鳳的聯名合照。

我無法嘴他任何一個字。

我催吐了也大便了，甚至加了連續八碗的肉鬆，卻輸給了一個八十七歲的老人。

我只能看著他的背影，一路跟著他離開大賣場。

「想吐就吐啊。」我在後面嚷嚷。

「……」老妖怪肯定無法講話，一開口就會嘔。

「不要逞強，吐出來，快點吐出來啊。」

「……」

為了在目睹老妖怪崩潰吐出來的糗態時第一時間哈哈大笑，我就這樣一路跟著，在背後一路亂嗆幹話走回了他家。

這是我第一次沒有藉著門前的大樹跳進去，而是跟著老妖怪一起開門走進院子。

11

老妖怪沒有趕我走。

屋簷下有一組茶具，肯定就是今天早上老妖怪苦苦等我時泡的茶吧。

我逕自在熟門熟路的院子裡，拿了一個裝獎盃的木箱當椅子坐，但一坐木箱就整個爛掉，裡面一大堆獎盃也被我坐裂了。我有點尷尬，卻不知道怎麼道歉，看了老妖怪一眼想說點什麼幹話把狀況混過去，老妖怪卻完全不在乎。

現在才九點半，距離天亮大概還要……一滴雨忽然落在我的鼻子上。

隱隱約約聽見了雷聲。

不妙，要下雨了。

我想趁雨還沒下大，馬上跑回家睡飽了再回來殺老妖怪時，才一踏出去，雨瞬間就變得非常霹靂，我想都沒想就轉身跑到屋簷下避雨。

老妖怪還是不說話，冷冷走進屋子裡，我聽見刻意壓低音量的嘔吐聲。

出來的時候，他的手裡拎著兩張椅子。

我當然是毫不客氣接過坐下，拿起手機看APP裡的天氣預報。

「我看天氣預報，這個雨至少要下到明天中午……天啊，明天中午。」我皺眉：「但我等不了，我四點以前非得跟你做個了斷。我趕著去約會。」

「約個屁。這種大雨不會連續下太久，中間一定會停一下下。」老妖怪閉上眼睛，揉著肚子：「忽然停下的時候，就算只有一分鐘，就足夠我摔死你了。」

「你有這種覺悟就好。」我點點頭。

雨很大。

雖然被這雨困在這屋簷下，超無聊，無話可說，但氣氛也沒有我想像中的尷尬。要怎麼尷尬呢？我們都以其中一個人必須死掉為前提連打了八天，比任何定義下的仇人都熟，只是沒話講就沒話講，不需要刻意找話題。

他沒有趁機回顧一下他風光的教練人生，我也沒興趣講解職業殺手的法則。

老妖怪自顧自閉目養神，隨時都會睡著。

我看著手機裡燕子跟我的合照。

你知道嗎？燕子是我遇過最好的女孩。

長得漂亮可愛一定是所有人對燕子最初的印象，但，既然周圍的大家都叫我小帥哥，我的帥度應該配得上燕子的美。

燕子很美，但最令我著迷的，還是她的善良。

有一次我跟燕子一起租車去宜蘭玩，她特地把指甲畫得亮晶晶，我完全沒注意到啊，她也不生氣，還興高采烈帶我去那個「很多小魚一起吃腳皮」的店家，結果她一把腳放下去的時候，我那身為職業殺手的敏銳度馬上注意到……天啊，不得了了，燕子她那五顏六色的腳趾甲不就有甲醛之類的毒素嗎？雖然很微量，但就算毒不死小魚，恐怕也會害小魚生病吧？我就大叫！燕子！妳這樣小魚會被妳害死！她嚇了一大跳，馬上把腳拔出來，我趕緊跟她解釋指甲油裡面的成分其實很毒之類的，燕子就開始哭，一直哭一直哭，最後哭到天崩地裂那種，天啊，好善良啊，雖然工作上需要殺人不眨眼，但其實平常連小魚都不忍心傷害，我真的很感動，一直安慰她不要緊妳剛剛又不是故意的，妳才伸進去一下下，那些小魚頂多就是有一點點頭暈，死不了的，她還是一路很內疚很內疚超級內疚從宜蘭哭回台北……

能夠跟這麼好的女孩交往，豈止花光了我一億等值的運氣？

雨很大。

老妖怪始終閉上眼睛，沒有發出鼾聲。

我開始想著明天一大早衝去印度的驚喜流程。

四點半以前打死老妖怪，六點整衝到桃園機場，在飛機上狂睡七小時，一下飛機後就搭車一路喝尿喝到預訂的飯店，到了飯店後馬上刷十分鐘的牙，然後去找燕子玩。話說回來，直到剛剛曉茹姊都沒細說燕子住在哪個飯店，肯定是我不好好完成任務的關係，但她在我上飛機前就會明講了吧。我畢竟是職業殺手嘛，等我知道燕子住在哪一間房我就用不能跟你說的技巧偷偷進去，在廁所大便，故意不沖水，然後再躲進衣櫃裡。等到燕子回房間，想尿尿，結果一看到馬桶裡竟然有一條沒沖的大便，一定以為有人要暗殺她。燕子是淑女，她不管再怎麼藝高人膽大，都不可能在這樣被陌生人留尿的馬桶上尿尿了，但她剛剛回到房間一定很想尿尿，加上有人故布疑陣想殺她，她的緊張一定會讓她想好好解放一下膀胱，這是大家的通病是吧？明明在外面忍尿了老半天都沒事，直到廁所越近卻反而越憋不住，殺手也不可能例外。燕子在這種生氣又緊張的情緒下，首先一定會想找到一間乾淨的廁所尿尿，在找廁所的過程中又要提高警覺不能被殺掉，這時候我就在衣櫃裡偷偷打電話給燕子，她手機忽然響起來一定讓氣氛直奔高潮。這時我就踢開衣櫃衝出來嚇死她哈哈哈哈！當然像燕子這種等級的高手很有可能同時朝我射飛刀啦，所以我必須一隻手護住我的喉嚨另一隻手壓住我的胸口再衝出去，以免真的死掉會害燕子一生一世傷心。不過用那種怪姿勢衝出去很容易跌倒就是了，但比起跌倒，更應該擔心的其實是燕子的飛刀萬一射向我的額頭而不是胸口或喉嚨，我還是死。哎呀那麼短的距離燕子的飛刀肯定是百發百中，有點無解啊！還是……我打了燕子的電話以後，就直接在電話裡說我躲在衣櫃等一下千萬不要太衝動啊哈哈哈哈……不行不行這樣少了好多驚喜啊，我得再更認真想想……還是我一隻手壓著額頭一隻手護住喉嚨，衣服裡面就放一本飯店的聖經加幾本雜誌保護胸口，這樣就不可能瞬間被射死吧。不過我兩隻手幾乎把臉遮起來的壞處就是，燕子一時之間認不出我來，恐怕會射出第二把飛刀，那所謂的第二把飛刀會射向哪個可疑的要害呢……

雨還是很大。

老妖怪還是緊閉雙眼，動都沒動一下。

不大對勁啊。

斷斷續續打了八天，正當我今晚想取他性命，他卻在我旁邊一聲不響死了？

我站起來，戰戰兢兢地走向他。

伸出手指放在老妖怪的鼻子前，感受有沒有氣息。

好像有。又好像沒有。

糟糕……我現在是什麼表情呢？

老妖怪忽然吐出一口長氣，那古怪的氣氛看得我全身無法動彈。

「臭小鬼，打不過想偷襲是吧？」老妖怪還是雙目緊閉。

「我還以為你死了。」我可能是鬆了一口氣。

「很多年前我就下定決心。我是絕對不會，睡著睡著就忽然死掉了。」老妖怪語氣平淡：

「我發過誓，就一定做得到。」

這種事要怎麼下定決心啊？

我坐回去，繼續思念我可愛的燕子。

雨一直下。

有一次燕子晚上去高雄殺人，事情結束後搭統聯回來已經半夜了，我去交流道口接她，兩個人不知道要幹嘛，半夜耶，能幹嘛的事太少了。我們手牽手在大馬路邊走來走去，有一搭沒一搭的聊天，走累了就找了一個公園涼亭裡面聊天。那個涼亭有一個喝醉的流浪漢躺在柱子旁邊睡覺，還有另一個流浪漢坐在大理石砌的椅子上，上半身趴在涼亭正中央的大石板圓桌上睡，怕吵醒他們，我跟燕子很小聲地聊天，幸好我們都是殺手，各方面能力都超屌，即使講話的聲音很細很小，彼此都還聽得到。燕子提議來玩幫助彼此了解對方怎麼看自己的小遊戲，我問怎麼玩呢，燕子就拿出兩張紙兩枝筆，我說呵呵呵原來妳早就準備好了看來很想玩這個遊戲很久了喔。燕子開始解釋遊戲規則，很簡單，就是在紙上認真寫出對方的五個缺點，幫助對方改進，是一個非常正能量的情侶遊戲，限時五分鐘。所以我們就在那個趴在桌上睡的流浪漢旁邊開始寫，其實我們都很了解對方啊不到三分鐘兩個人就寫好了，燕子說要交換唸，並且發誓要好好改進，我說那我先唸妳寫的好了，燕子說我的五大缺點是我長得太可愛了常常害她很想我、我太寵她了害她當小公主當得很不好意思、我的脾氣太好了她約會遲到都不生氣、我的槍法太準了害她後來看電影裡面的槍戰橋段都覺得好無聊、我超大力挖鼻屎的樣子好像小朋友喔真可愛，我一邊唸一邊笑，為什麼燕子寫的句子那麼像小學生寫作文啊？後來換她唸我寫的，我就寫說妳有時候綠色的眼影畫太濃了很像蒼蠅好好笑、老是靠在我右邊肩膀上睡覺都不換邊害我的右邊肩膀很痠、約會常常遲到而且沒有正常的理由、明明就講好端午節不殺人紀念屈原跟粽子很好吃但妳還是偷偷去殺了誰我其實知道只是不想講、擤鼻涕一次都要用掉很多張衛生紙很浪費其實可以把同一張衛生紙換個角度繼續擤才不會傷害地球、為什麼很討厭香菜的味道卻常常忘了跟老闆說然後默默生氣呢？飲料喜歡點特大杯的卻都不喝完很浪費幹嘛不點中杯的就好、唱歌常常在飆高音的時候忽然降Key很難合唱。其實燕子唸到第三點就開始哭，而且哭得超淒慘，所以後面幾點都是我幫她唸完的，我安慰她不要覺得有缺點不好重要的是我愛她會給她無限多的時間慢慢改進，後來我才發現我不小心多寫了三個缺點害她不高興了，我真的是數學很差……

雨聲不知道什麼時候停了。

看了看錶，半夜一點十四分，距離天亮還有三個多小時。

老妖怪看起來睡得很熟。

我不知道要不要推推老妖怪的肩膀，叫他起來受死，還是等到天亮再揍他。

拿不定主意。

想到拿不定主意，這真的是我的壞毛病。

有一次燕子跟我去看電影，看不到五分鐘，坐在我後面的人一直踢我椅子，一開始我還很有禮貌地轉頭跟他說：「先生不好意思。」那男的說：「不好意思啥？」我說：「不好意思你一直踢我椅子。」他說：「但我沒有覺得不好意思啊。」然後又一直踢一直踢一直踢。我開始看附近有沒有別的空位想換個位子時，燕子突然發飆站起來對著後面說：「你幹嘛踢我男朋友椅子啊！沒禮貌！」後面那個男的沒有說話卻踢得更大力了，燕子好生氣，她就這樣站著盯著他看，坐在更後面的人一直叫她坐下她也不要，那個踢椅子的男的越踢越大力，踢到最後戲院經理把燈打開，請我們通通出戲院真的很丟臉。我跟燕子說謝謝妳幫我出氣啦但沒關係我們換一間電影院就好了，但是燕子很堅持我們沒有錯為什麼要被亂踢別人椅子的人欺負呢，我不知道該怎麼安撫她的時候那個踢椅子的男的竟然在戲院門口堵我，說有種不要跑他要打電話找人揍我。我主要是覺得這個要求很白痴啦，如果我真的站在戲院門口呆呆等他找一大堆人圍毆我的話我豈不是智障加三級嗎怎麼可能真的那麼呆，我就跟他說電話你慢慢打我們要去別的地方約會了，這時候不只那個男的傻眼，就連燕子都好生氣，她說那樣不是很好嗎當著他叫來的一大堆人面前把他打到連他媽都不認識正好讓他丟臉丟到死，我跟燕子說可是我不想打架啊我只想跟妳好好約會，燕子不理我，叫他快點打，最好叫多一點人來不然等一下太快結束她沒辦法消氣，那個男的就真的開始打電話叫人。我真的滿無奈的，幫大家複習一下，如果傑森包恩的戰鬥力有一百我的戰鬥力大概是六十，燕子不用刀的話戰鬥力估計也不下於我，算她六十五好了，普通人的戰鬥力差不多都三十幾，我們兩個聯手可以一次打多少人唉實在太難計算了，雖然對上這種臨時打電話亂叫人的情況應該都會贏，但何必呢？我們是職業殺手，跟這種在戲院裡亂踢別人椅子又愛叫人有種不要走不然我打電話叫來一堆人等一下會找不到人揍的低智商人士，有什麼好計較呢？而且他打電話的動作很假，很明顯就是叫不動他朋友，燕子還很大聲叫他快點打，真的是強人所難。我們在戲院附近的頂呱呱邊吃呱呱包跟烤雞脖子邊等了兩個多小時，終於等到他叫了四個人來打，燕子說等一下一開打，就把所有人的左手手腕都折斷給個教訓，至於那個踢我椅子的人就喀啦喀啦把兩隻腳的腳踝都折斷給個報應，我跟燕子說還是不要吧那些被他叫來的四個朋友很明顯一臉被煩到的衰樣，無端端被朋友打電話叫起床，還特地跑出門被兩個看起來跟高手無關的超級高手折斷手，不是很無辜嗎？我好好說他們一頓就是了，至於踢我椅子的那個男的，真的要折就隨便折斷他一腳的腳踝就好了，這樣他還可以單腳跳跳跳去叫計程車回家，一口氣折斷兩隻腳看他在地上爬啊爬明明就很恐怖好不好，拜託我們在約會耶！燕子就開始哭，哭著說她一直想幫我出氣為什麼說得她好像才是最壞的那個人，明明她是在幫我，為什麼我要說得好像是她毀了今天晚上的約會！我看到燕子哭真的很慌張我真該死我怎麼會這麼不體貼呢，所以我就叫她在頂呱呱樓上乖乖吃呱呱包就好了不要下樓，我一個人下去把事情處理好。結果我照燕子的意思稍微搞了一下，之後就叫那四個人，一個人出一隻沒被折斷的手把踢我椅子的那個男的扛去頂呱呱樓上跟燕子認真道歉，結果燕子看了哭得更厲害了，我也不知道為什麼，難道是我剛剛聽錯了左手還是右手嗎？我一直問，燕子都不說話只是一直哭，哭到後來還跟那四個手被折斷的人道歉說都是我不好她以後會好好勸我不要那麼衝動真的很對不起之類的，我想說既然她那麼抱歉我應該也是有錯吧，最後燕子哭著跟兩隻腳踝都被我折斷的打電話男道歉，說她勸他不要踢我椅子時的語氣其實也有不好的地方希望他原諒……唉有時候我真的搞不懂我那可愛的女朋友到底在想什麼呢。

等等，這跟我拿不定主意有什麼相關呢？我本來好像不是要說這段莫名其妙被毀掉的約會的，但我原來是想說什麼當例子呢？

我忘了，糟糕。

不過就在我剛剛胡思亂想的時候，雨下下停停了好幾次，不知不覺天都快亮了。

還有一點點毛毛細雨。

老妖怪揉揉眼睛，拍了拍臉頰。

「差不多了吧。」老妖怪揉揉膝蓋，用非常慢的速度把自己撐起來。

「都你在講。」我也起身：「還有一點點雨，你不介意的話我也隨便。」

老妖怪慢吞吞做著暖身操，我也跟著扭扭脖子，揮揮空拳。

想想，也第九天了啊。

咖哩飯可以輸在第九碗，打架可不行輸在第九天。

「希望你把空手道徹底放在腦後，不然你毫無勝算。」老妖怪深深吐納。

「真正的空手道高手，不管出什麼招，都是空手道。」我揉揉肩膀。

「是，但你不是……不過隨便了，要踢睪丸也隨你便。」老妖怪動動手指。

「你以為這樣講我就不會踢了吧？告訴你我照踢。」我正色朝空氣踢出一腳，腳尖還旋轉了一下：「空手道本來就是招招取人要害。」

「你要打得死我，這張獎狀就是你的了。」老妖怪從口袋掏出肚蟲老闆跟陳美鳳的合照，放在一個被我坐裂的、柔道全亞洲錦標賽冠軍的碎獎盃上。

「如果你打死我，這一瓶就是你的了。」我把那一大瓶尿放在獎盃旁邊。

「那是什麼？」

「想知道的話就只有把我打死，反正你辦不到哈哈。」

毛毛細雨。

誰先出招我已經忘了。

我肯定出拳如電，踢腳如風，頭槌兇猛。

老妖怪將我碰到他身上的每一個動作都摸熟了，一沾即黏，即黏即摔。

起先，我在東翻西滾的過程中努力保持平衡，用力量跟老妖怪對抗。

我確實揍了老妖怪好幾拳，但也被摔得很痛。就跟前幾天一樣。

「你只會蠻幹，那樣是打不死我的！」

「我在熱身！」

跟想像一樣，太認真攻擊絕對佔不了上風。

我迅速改變策略，每一個招式都不打實，保持臨機應變的活性，力量小了，姿勢飄了，雖然打得輕，但老妖怪能借的力就小了，就無法一摔定勝負。

每一次老妖怪摔我，我都越來越清楚自己的平衡是在哪一個環節被破壞的，到後來我乾脆放任自己被抓被摔，取而代之的是把心思放在怎麼摔比較不容易受傷。

而老妖怪的力氣，就在把我摔來摔去的過程中，越來越小了。

雨讓院子的草地非常濕潤鬆軟，我身上都是泥巴，非常難抓。

老妖怪開始喘氣。

我卻越來越有心得。

一直都是如此，比起老妖怪的力氣，更早衰竭的其實是老妖怪的呼吸。

趁著老妖怪一口氣換不順，我一拳打到一半忽然變爪，揪住老妖怪的領子前後搖晃，突然往外側奮力一摔！

老妖怪單腳騰空，渾身一扭，想必是用盡了全身力氣反制我的突襲。

「敢摔我！」老妖怪總算是強力定住身子，整張臉紅到了脖子。

「柔道就那麼簡單幾招啊！」我哈哈大笑。

這句話絕對惹惱了修練柔道一輩子的老妖怪，他整個大爆發，完全不留餘力地連環攻擊，我輕飄飄地順著老妖怪的攻擊擺布我的身體，被摔，被滾，死命地招架他的狂攻。

「你那才不是柔道！」老妖怪對我使出正宗的大外割。

「對啊不是柔道！是空手道！」我乾脆被摔，順便拐了他一肘。

「也不是！也不是空手道！」老妖怪咆哮。

老妖怪的呼吸變得非常凌亂，動作間的破綻瞬間變得極多。

我一邊被摔，一邊醞釀時機。

我必須保持耐心，我必須逮住一個最佳的破綻，一個老妖怪喘到不行空門大露的破綻，一瞬間擊碎他的喉骨，了結這場綿綿不絕的死鬥。

老妖怪肯定是意識到了自己已喘到自顧不暇，竟收斂攻擊，將動作慢慢侷限在被動的防守上，他這麼做肯定是想調整節奏，直到呼吸恢復為止。

不行，那樣的話我不就得從頭開始了嗎？

如果等不到破綻……就自己製造！

我輕輕朝老妖怪的胯下踢出卑鄙的一腳。

喘到不行的老妖怪嚇了一跳，呼吸驟止，全身肌肉緊繃，胸前一線空門大露。

機不可失！

我的肩膀早就熱到沸騰，鎖定老妖怪的喉骨，一拳炸裂！

老妖怪笑了。

時間就在老妖怪那個燦爛笑容出現在我的拳頭正前方時，緩緩地停了下來。

那個笑容，絕對不是意識到自己將死，充滿灑脫與覺悟的表情。

那是……

布局已久，看見獵物終於上鉤的得意笑容！

老妖怪的臉以極巧妙的角度偏了開。

我看見自己的拳頭以非常緩慢的速度，劃過老妖怪側臉的鼻尖，感受到軟軟的油油的觸覺時，我的手腕末梢與手肘已同時被抓住。

不妙。

老妖怪的呼吸根本沒亂。至少沒亂到失去判斷。

打持久戰老妖怪幾乎沒有勝算，但他在徹底失去體力與呼吸之前，老謀深算地設下了陷阱，讓我不由自主地揮出太過強力的一拳，強力到他可以借力使力，用槓桿加乘的力量使出他傳說中的必殺招式……

我的手臂一緊，手腕與手肘同時失去力氣，一股力量將我的重心旋轉破壞……

老妖怪的心裡一定在狂吼某個超中二的絕招名詞吧。

慘了慘了，這下不僅要被摔到腦震盪，這條手臂至少也會報廢半年。

我護身的意念鬆弛，想說算了這一下就被摔到炸裂吧，卻突然感覺到身體的重心雖然跑了，雙腳卻沒有騰飛而起。

不對。

老妖怪的力道用得不對。

我的眼角餘光，瞥見老妖怪因為太過興奮整張臉漲紅，紅到幾乎變成了紫色。

不，不是紫色。是咬牙切齒的醬紫色。

「……」

我忍不住雙腳一躍，順著這一股幾乎瞬間消失的力量原有的軌跡，翻動自己的身體，配合老妖怪的絕招摔出。

別想太多，我沒有那種被摔到半空中還有辦法朝要害揮拳的神技，我的身體在半空中劃了一個無可挑剔的半圓，最後如預期地重重落地。

我看著天空。

第一個想法是，我很驚訝我被抓住的右手還黏在我的身上，好好的，沒事。

第二個想法是，星星好多。

老妖怪站在原地，一手摸著胸口，一手握拳高舉，逕自宣布自己獲勝。

是喔？

這麼了不起，啊不就好棒棒。

不過，怪怪的不是嗎？

老妖怪原本高高舉起的那隻手也加入了摸胸口的行列，他的臉色越來越紫，兩隻眼睛瞪得非常大，直直地看著躺在地上的戰利品，咧開嘴，沒有聲音地怪笑。

用力過度，喘不過氣了嗎？

「……給你一個忠告，先深呼吸，要笑等一下再笑。」我淡淡地說。

「……」老妖怪得意洋洋地看著地上的我，抓著胸口的手卻在發抖。

完全喘不過氣了，是傳說中的心肌梗塞？還是心臟病發作了嗎？原來你有心臟病？不可能吧我們前幾天打得更激烈啊，還是突發性的心臟病？要不然就是忽然中風？對對對這個很像中風！還是……心臟病加中風？

我勉強坐起來。

老妖怪看著我笑，笑得超賤。

我拍拍屁股起來。

無法言語的老妖怪用力搖搖頭。

糟老頭，我什麼也沒問啊，你搖什麼頭。

我看了看自己的拳頭。

老妖怪一個字也吐不出來，滿臉發黑瞪著我，用力點了點頭。

喂喂喂，你點什麼頭啊？我答應你什麼了嗎？我什麼都沒答應你啊。

老妖怪把放在胸口的雙手慢慢放開，顫抖的嘴角已經滲出了泡沫。

傻了嗎老妖怪，空隙大露啊！

老妖怪瞪著我，牙齒咬得聲音超大。

你好好看著吧，這裡，看著這裡——我的拳頭，懂？

我蹲好標準的馬步，擺出空手道正宗的預備架式。

「聽好了！老妖怪！心臟病是殺不死你的！」我拚了命地大吼。

身體無法動彈的老妖怪，只能用他的脖子用力點頭。

「中風！心肌梗塞！感冒淋雨！九碗沒加肉鬆的咖哩飯！通通都殺不死你這個沒品的老妖怪！」我越吼越大聲，架式也積蓄了充沛的力量。

老妖怪氣呼呼地瞪著我，身體站得非常挺直。

天還沒亮。

「能殺死你的——只有我的拳頭！」

我一記爽快的大拳，正轟在老妖怪的心口上。
純粹的力量從我的拳縫中奔洩而出。
不帶測試，毫無保留，盡情地脫離我的身體，粉碎了它所遭遇的一切跳動。
直到我拿走放在碎裂獎盃上的大胃王獎狀，老妖怪還站在原地，一動也不動。
站得比屋簷下滿走廊的獎盃都還要直。
只是他的臉上，那張氣呼呼的表情已消失無蹤，取而代之的，是奸詐的笑。
自以為詭計得逞了嗎？臭老妖怪……
早知道了。去你的詭計得逞，得逞個屁。
雨什麼時候又開始大起來了？
我不確定。
大概就在我把滿滿的黃色寶特瓶打開蓋子，放在老妖怪鼻前那一秒開始的吧。
離開院子前，我倒了一點點在老妖怪的腳邊。

雨很大。
我分不清楚自己是心情特別好，還是特別壞，只知道不該逗留。
翻出圍牆，畢竟。
架打完了。

鬼子

1

架打完了。

才怪。

我一邊啃著紅蘿蔔，一邊盯著電腦螢幕裡那一個沒有窗戶的小房間打呵欠。

燕子躺在裡頭那張看起來有點發霉的床上，看電視。

說是看電視，其實燕子在過去一小時也只是拿著遙控器隨便亂轉罷了，從我這邊鏡頭能捕捉的角度，實在看不出燕子現在是不是早就睡著了，畢竟……連我自己都打了好幾百個呵欠，好像剛剛忽然睡了一下下，卻又好像累到連打盹都沒有力氣。

燕子床前的小電視只有畫面，沒有開聲音，反正都是一些寶萊塢熱鬧的歌舞片，不管是哪一種劇情大家都能在裡面跳來跳去，槍林彈雨也可以一邊閃子彈一邊笑呵呵唱歌。

如果燕子的處境可以這樣唱唱跳跳過去就好了。

但沒辦法啊，燕子就是搞砸了。

燕子絕對是我合作過的殺手裡最欠揍的一個，嘴巴很壞，態度傲嬌，心思隨時變來變去，常常耳朵閉閉心不在焉，自以為漂亮就可以霸道任性不講理，一點都不可愛，真的，一點都不可愛，是那種絕對不可能交到任何女生朋友的臭女生。

但。

就是那個但。

但說句公道話，看到人肉倉庫鐵皮屋的夾層裡，那十幾個連胸部都還沒發育的小女孩被鏈起來當畜生一樣對待，沒有人不會站在理智線突然斷掉的燕子這邊。可以，沒問題，就當作是連我們這些女生的份一起動手，燕子用她平常任性的一百倍，花掉她身上所有的飛刀，盡興地把事情搞大。

搞大就搞大，問題是搞砸了。

那些以卡維斯為首的人肉販子在鐵皮屋裡死了太多爪牙，這是一筆。

燕子帶著十幾個少女逃了出去，讓卡維斯的「貨品」無法上架販售，這是第二筆。

把事情搞大後，燕子沒有馬上搭飛機回到台灣，她延後了出境班機的理由，是在路邊攤請一百三十八個小女生大吃一頓咖哩飯當作餞別，搞得附近民家跟全印度的人肉販子都知道卡維斯的人肉貨倉出大事了，這是第三筆——也是最大的一筆。

人肉販子都很沒品，比毒販更沒品，卡維斯更是印度人肉販子集團裡最惡名昭彰沒品的前三名。現在大家都在看卡維斯笑話，比起損失的爪牙跟一百多個女孩，他更迫切想討回面子，否則在圈子裡會被當作一個大笑話。

卡維斯在印度撒下鋪天蓋地的眼線，燕子肯定沒辦法從機場正常出境，大大小小的碼頭也都收到了風聲，在燕子的手腳被砍下來之前，不准任何船家做偷渡生意。

出不了境，暫時也只能逃亡了嘛。

逃來逃去也十多天了，每兩天燕子就換地方住，越破爛越好。每到一個新地方，燕子就會在房間附近裝好幾台小型網路監視器，讓我盡其可能在網路遠端守護她，她才有一點點完全鬆懈的休息時間，看看燕子在台灣的經紀人阿權能不能快點找到願意背叛卡維斯、偷偷收大錢把她弄出去的船家為止……我看是很難啦。

在印度躲躲藏藏實在不簡單，一個細皮嫩肉的漂亮女生很容易就被卡維斯的眼線盯上，在我的強烈建議下，燕子氣呼呼把她皮箱裡的招牌風衣扔掉，換成當地寬鬆的紗麗。

紗麗裡面雖然也能藏飛刀，但支數少得多，燕子也因此吃了大虧。

昨天晚上她在上一個藏身處被發現了，八個黑幫打手不要臉拿衝鋒槍在走廊上朝她亂開，還打死好幾個倒楣的住客。燕子把他們都宰了，但自己的肩膀上也中了一槍，幸好子彈乾淨利索穿透了骨頭，沒讓她挨上自己動手挖子彈的苦，可失血讓她無精打采了老半天，傷口也開始化膿了。

不知道什麼時候可以出境，但絕不能拖著不管。

五個小時前，我緊急在網路上找到當地一間婦產科，聯繫了一個照片看起來頗為年輕的醫生，付費請他過來幫一個打算在自己家裡自然生產的孕婦。當然了，這只是一個用來避開卡維斯集團的名目，等醫生人到了燕子旁邊，燕子自然會軟硬兼施，請他妥善處理被子彈打穿的傷口。醫生前腳一走，燕子也會馬上離開，前往下一個我幫她用假名訂的小旅舍。

我看著一動也不動的燕子，希望她是因為電視太無聊而睡著，而不是發燒昏倒。

說回快把紅蘿蔔啃光的我自己。

如你所想，我是一個鬼子。

殺手做事，只在驚險一瞬間。

在那一瞬間之外，還有很多繁瑣事情必須處理，所有讓殺手專注在任務生死一瞬間的周邊細節，都是鬼子的守備範圍，尤其在這個監視器特別多的現代都市裡，鬼子可說是殺手隱匿行跡的最佳解。

真的，仔細想想，就是監視器太多太惱人，跟我來不及參與的舊時代比起來，現在城市裡的監視器真的太多太多了，又不是每個殺手都跟月一樣精通電腦，可以自己搞定那些鋪天蓋地的電眼，所以啦，每個鬼子都有一定程度的駭客能力，監視器網路的防火牆大同小異，沒什麼了不起，用我們平常養的幾個駭客程式就能夠短時間破解，重複播放已錄製的畫面也是一般程度。

但不要誤會了，鬼子是鬼子，還是比不上真正厲害的駭客，要侵入銀行特殊加密的資料庫、瞬間癱瘓什麼全公司的網路系統、破解國安局的特務名單之類的，就超過了九成九的現役鬼子能力，我自己也遠遠不到那種程度。

你想得沒錯，不是每個殺手都付得起鬼子。

但只要用得起，我們鬼子可以為殺手的任務使上很多力，為了幫殺手隱藏身分呢，訂車票、訂飯店，甚至招計程車，我們都得一手包辦，算得上是殺手的隱形保母，尤其殺手執行任務時壓力超大，我也得用耳機跟他們聊天排遣他們的焦躁。

殺手是一個存在感很矛盾的職業，一方面需要隱藏真實的身分，另一方面卻又很注重他們的名號在業界的聲量，名號越大，收的錢越多，嘴起來也很虛榮。

比起來，完全隱藏身分是鬼子的天職，我們沒打算自己起什麼個別的綽號，就統一稱呼為鬼子，我個人覺得這個低調到底的傳統很好，神祕感十足，就連我們自己的內規也非常酷，只有簡簡單單四條，就貼在「CABINET」網頁的入口。

一、絕對不能讓殺手知道鬼子的真實身分。

二、任務結束後，鬼子必須停止任何為了保護殺手所做的追蹤與監看。

三、掉在地上的東西不能撿起來吃，弄丟的東西不可以回去找。

四、絕不使用集點卡。任何，集點卡。

我懷疑第三條是用來湊數，而第四條則是來亂的，其他鬼子也抱持一致的幽默感呵呵。

回到螢幕上那個動也不動的燕子。

站在包案的精神上，我保護燕子一路撤退與躲藏的時間，遠遠多過於執行任務本身，為了讓她多走一點安全的路，我隨時都在破解她附近的監視器系統，偵看以她為圓心三條街以內的動態，搞得我的筆電螢幕像蒼蠅複眼一樣，三十個大大小小隨時都在更新的街頭畫面。

但這裡是印度，全世界人口第二多的印度，大街小巷滿滿的都是人，我只撐了兩天就眼花撩亂，體力不支感冒了。等到燕子的傷口處理好，抵達下一個安全地點之後，我一定要吞幾顆抗組織胺好好睡八個小時。

一台綠色的小車在破舊旅館前門慢慢停好。

不對勁啊，我注意到在它停下來之前至少順時針繞了旅館三圈，逆時針繞了兩圈，車速很慢，非常仔細地確認旅館對外的動線。

還有一台藍色的廂型車也很可疑，它在綠色小車停妥後，就忽然從巷子轉角出現，慢慢繞到旅舍唯一的後門，沒有熄火，也沒有搖下車窗。

綠色小車的後車門打開，一個穿著不合身灰色西裝的男人提著皮箱走下，脖子上掛著顯眼的聽診器，門沒關上，兩個男人跟著從副座與後座下車，東張西望，很明顯凸起來的衣服底下藏有傢伙。

毫無疑問，那個刻意在脖子上掛著聽診器的男人絕對不是婦產科醫生，那兩個尾隨的男人更不是助手——糟糕！

我的計畫是怎麼被看穿的已無從思考，只能說卡維斯的眼線實在很硬。

我趕緊打電話給燕子。

監視器畫面裡的燕子睡得很熟，完全沒有反應。

難以置信的豬頭！快給我接電話！

……糟了，是發燒過頭，昏過去了嗎？

我看了旅舍一樓的監視器畫面，那個假醫生正在跟櫃檯阿姨重複確認燕子的房間。

燕子還是沒把電話接起來……手機沒電了嗎？不，從燕子一進房間手機就一直在充電，電池應該是全滿的才對……可惡！還不把電話拿起來是怎樣！難道妳給我開靜音了是嗎！妳這個白痴！快給我接電話！

假醫生跟他兩個假助理正在上二樓。

燕子的房間在三樓……三樓樓梯的轉角……要不是體恤她受傷了爬樓梯很累，早知道就該把她的房間安排在更高樓層才對，更高樓層的話……

電話持續不接。燕子持續沒醒。

我所能做的就只剩下一件事了。

祈禱。

……祈禱個屁！

我壓下筆電上蓋，衝進浴室，拿起放在四分之一顆蘋果旁邊的那柄爛水果刀，另一隻手還拿著筆電當盾牌，赤著腳就衝出門，在充滿霉味的走廊上狂奔……

白痴白痴白痴！燕子白痴我更白痴！

明明就是她把事情搞砸了干我屁事，為什麼我要拿自己的命蹚這種渾水！

完全沒在運動的我，真的可以一鼓作氣衝到樓下破開燕子的房門？

為什麼我明明可以在一萬公里外的任何地方用網路悠閒工作，卻偏偏想要趁案子順便來印度旅行？為什麼我明明可以在印度任何一間咖啡廳喝下午茶，卻偏偏不放心那個一點都不可愛的燕子要偷偷跟她這麼緊！為什麼我明明可以繼續待在安全的旅館四樓一直把電話打爆，卻偏偏拿著一把完全不可靠的水果刀赤腳狂奔到底想做什麼？又偏偏為什麼手裡還拿著吃飯的筆電當盾牌，是真的以為可以靠這塊鐵板擋子彈嗎這明明就是自殺吧！

……不對！

我緊急在四樓往三樓的樓梯間煞停。

太安靜了。

深呼吸，屏住氣息，用最謹慎的速度踩在蓋滿灰塵的絨毛地毯上，往三樓探頭。

那個假醫生跟兩個打手站在燕子房門口，拿著槍，正豎起耳朵聽取房內動靜。

來不及了。這下真的百分之百來不及了。

燕子的房間爛到沒有窗戶，就連破窗逃走這個微乎其微的可能性都直接消失。

燕子發燒到連電話鈴聲都叫不醒，就算即時醒來也不可能應付得了門外的惡煞。

燕子的人生時鐘，就走到今天這一刻了。

好吧。

無論如何燕子也算是死在自己任性但充滿光明的選擇上，誰都不該為她遺憾。她的背影，將永遠活在那一百三十八個女孩往後的人生裡，成為聖母般的存在，我應該替她感到驕傲……

假醫生向站在他身後的兩個打手示意，即將踢破門進去一陣亂射。

我閉上眼睛，必須在下一瞬間決定好是要唸阿門阿拉還是唸南無阿彌陀佛。

糟糕，我根本不知道燕子信什麼？

對啊，燕子到底信什麼？聽她碎嘴了很多無聊的小事，卻好像沒聽過她信什麼？

我睜開眼睛。

想起來了。

「燕子！」

我扯開喉嚨大叫。

我想起來了。

燕子信我。

2

假醫生伸到半空中的腳一愣，下一秒還是將門踢破。

他身後的兩個打手馬上朝我這邊開槍，即時把頭縮回去的我，看著子彈把樓梯邊柱射爆好幾個洞，木屑噴得我滿臉。

燕子信我……我信什麼？

槍聲停了。

我戰戰兢兢，把頭往下一探。

房門半開，假醫生跟兩個打手全倒在走廊上。

連房門都沒踏進去一步，喉嚨便各自吞了一把刀。

我趕緊跑下樓，邊跑邊叫：「還活著吧！」

只見燕子根本還半躺在床上，手裡還扣著兩把飛刀。

是啊，我信燕子。

真是太厲害了，從燕子的角度根本無法直接看到門外，但是電視旁邊掛著一面被子彈打裂的鏡子，她就憑著這一點點的反射，再加上詭異至極的指力還是腕力，把飛刀歪歪斜斜地射出去。三刀，就要了三條命。

燕子昏沉沉看著站在門邊的我。

「妳誰啊？」

「鬼子。」

「是喔，妳沒穿鞋子。」

「我就住妳樓上。」

「妳跟我說妳人在美國。」

「我騙妳的。」

「好吧，那我睡一下下。」

「沒時間睡了，樓下還有一台車的打手，估計最少六個。」

「不然妳幫我把門打開一點，他們到了再叫我……跟剛剛一樣。」

我又好氣又好笑，衝過去拿筆電往燕子的頭上輕輕一砸：「起來！要逃命了！」

燕子有氣無力地滾下床，一點都沒有奪命飛刀手的樣子。

「行李……幫我隨便收一收。」

「收個屁，鞋子穿一穿就走。除了妳手上那兩把，妳還有多少飛刀？」

我跑到門外，拔起那三把插在屍體喉嚨上的飛刀，噴得整個走廊都是血。

「這裡還有三把。」

我一回頭，燕子還趴在床下，簡直瞬間秒睡。

我伸手用力拉起她的時候，發現她的手好熱，摸了摸額頭，根本就是一塊鐵板燒。

「我好像快死了。」燕子的眼睛根本沒睜開。

「發燒而已，妳給我振作起來。」我估計那些槍聲傳出去，守在旅舍外面的打手沒看見燕子的屍體給抬出去，三分鐘以內就會拿更誇張的武器進來了。

「我真的好想睡覺喔，如果睡到一半就忽然被亂槍打死了好像也不錯。」

「那我咧？妳要起來保護我！我都沒在運動很容易就死了！來，這是我的水果刀，這樣就有四把了！妳那裡至少還有兩把，省著點用應該……應該夠了，對吧？」

「妳也被亂槍打死就好啦，一下下而已。」

「長腦好嗎！想想妳是惹到誰才會搞成這樣！」我氣急敗壞地搖著燕子發燙的身子：「妳不會被亂槍打死，妳會被那些王八蛋鋸掉雙手然後拖去強姦，強姦完一百遍以後再抓去賣，妳看過那些女生是怎麼被賣的對不對！」

「對不起……害妳被強姦……」

「我不會被強姦！我會直接自殺！」

「姦屍就算了，但我不想活著被強姦，而且鋸掉手很痛。我也不想自殺。」

「……那就給我打起精神！」

我扶起全身發燙的燕子，根本無法想像軟趴趴的她是我唯一的活路。

但無法計較了，綠色車子裡還有一個待命的司機，藍色廂型車裡面至少有六個打手，估計他們沒等到同伴帶著燕子被打爛的屍體出去，再沒膽，也會在三分鐘以內衝進來吧？

不，更糟糕的是他們暫時不敢衝進來，而是一邊在外面守株待兔，一邊呼叫更多的打手開車過來包圍旅舍，時間拖越久就對我們越不利。

我又抱又扛，好不容易將燕子帶到房門外，全身軟燙的燕子忽然站直身子，掙脫我的扭抱，雙手扣著飛刀往前一踏步。

唰唰！

我什麼都沒意識到，燕子手中的兩道流光便已射向走廊深處，飛刀還沒射入牆壁，兩道流光便斜斜一彎，離譜地加速射向樓梯下方。

「……」我轉頭看著沒有人出現的，往下的樓梯轉角。

沒有聽見飛刀貫入任何物件的聲響，也沒有聽見人體倒下的碰撞。

兩柄飛刀，就像射進了黑洞。

彷彿迴光返照，燕子撐著隨時會倒下的身體，瞪著沉默的樓梯下方。

燕子沒有花一個眼神示意我做任何事，我本能地一動也不敢動，連呼吸都忘了。

燕子的手默默扣上了又兩柄飛刀。

這時，一柄飛刀從樓下射了上來。

說是射，實在是太恭維了，那速度簡直就是拋，還拋得非常緩慢，慢到連我都看得一清二楚，那是燕子剛剛射出去的飛刀之一。

非常緩慢，沒有旋轉，卻也沒慢到下墜，最後刀子就像切豆腐一樣，無聲無息地插入樓梯三樓的牆壁，整個刀身完全沒入牆壁。

我不知道這把慢刀到底有什麼危險時，我從燕子戰慄的眼神裡感受到了……完蛋了。

就是完蛋了的訊息。

不是一把刀無聲無息沒入了牆壁，而是兩把。

兩把都是燕子剛剛射往樓下的飛刀，但……為什麼是兩把！

我完全沒有看到第二把飛刀啊！到底什麼時候射在第一把飛刀的旁邊？

第一把慢慢飛上來的飛刀，真的是第一把射上樓的飛刀嗎？還是它……早就……早就射上樓了？是障眼法嗎？還是兩把刀緊緊貼在一起被拋出？還是我眼花了？

我一點頭緒也沒有，只能把僵硬的脖子轉向燕子。

燕子判若兩人，一點也沒有病態，她的身子半擋在我前面，戰意十足，卻一點也不帶殺氣，專注力取代了燕子身上的一切。

喀噠，喀噠……誰都聽得清清楚楚的踩樓梯聲，加上粗重的呼吸聲，將神祕的慢速飛刀客帶到三樓。

一個穿著破舊格紋西裝的印度老人，眼睛混濁，皮膚乾枯，鼻息粗重，一隻手緊緊扶著樓梯邊緣，彷彿剛剛那一段爬樓梯就用盡了力氣。

這個站在走廊上的老人，當然看不出身懷危險絕技，但絕對是個高手。

老人距離我們，只有三個房間那麼近。

燕子扣在指尖上的雙飛刀沒有射出，她只是盯著老人。

老人的視線卻落在倒在房門口的三具屍體上，像在檢查他們脖子上的致命傷口。

老人點點頭，嘰哩咕嚕說了一大串我聽不懂的印度話。

燕子肯定也沒聽懂，但我們算是理解了老人語氣並沒有充滿敵意。

「妳不要衝動啊……」我小聲提醒。

老人以非常善意的速度，緩緩地脫下西裝外套。

他削瘦的身體上綁了好幾條繩子，上面吊掛著幾十柄飛刀，飛刀大小不一，但最大不超過一個巴掌，最小不過兩個指節。跟燕子一樣，要命的武器是飛刀。

跟全世界的老人一樣，老飛刀客完全無視語言障礙，自顧自說著印度話。

老飛刀客接下來的動作，卻十分淺顯易懂。

他慢慢地伸出手，攤開完全脫去水分的乾枯手掌，勾勾手指，示意燕子快點把手裡的飛刀射向他。這個動作照理說充滿了挑釁，但老飛刀客的表情卻非常平和，連自信都稱不上。

燕子搖搖頭。

老飛刀客微微皺眉，攤在半空的手指忽然顫動了一下。

我的呼吸莫名其妙地頓住。

燕子的殺意瞬間被觸發，兩把飛刀脫手而出。

雙飛燕！

在走廊上飛出一高一低劃出弧度迥異的兩道奪命光芒！

燕子的殺人絕技我在監視器上看多了，這卻是我第一次現場目睹燕子的飛刀射向真人，那弧度之美之靈巧，我幾乎要喝采了——

兩把飛刀穩穩停落在老人的手上。

就像兩隻乖巧的燕子，淘氣地飛了飛，最終還是回到築在老飛刀客手中的巢。

燕子臉色慘白。

老飛刀客接刀的動作連我都看得清清楚楚，沒有花招，也不是什麼快速絕倫的神技，就只是把手掌早早放在飛刀要來的位置上，老老實實地用手指含住刀柄，就將燕子吹出的驚人魔法熄滅。

我馬上明白，今天就是告別這個世界的日子。

意外的是，我心中沒有浮現出什麼了不起的遺憾，只是有一點點希望老爸買機票來認屍的時候不要太難過，也不要糾結我人為什麼不在美國念書、而是在印度小鎮被肢解的痛苦情緒太久。

我看了看燕子。

燕子看起來一點也不灑脫，她淚眼汪汪，咬牙切齒，非常不甘心。

呵呵，都這個時候了還那麼倔強，真是死到臨頭都不會改變的人設。

「算了啦。」我若無其事地苦笑，聲音卻在發抖。

到底我還是很怕死的吧。

老飛刀客咕噥著印度話，將兩把飛刀慢慢放在地上，沒有要反擊的意思。

到底說了什麼？

看老飛刀客的表情，不像是在說一些諷刺或悼詞，然後他將沒入牆壁裡的那兩把飛刀拔起來，同樣放在地上。一共四柄。

樓梯下方傳來粗暴的聲音，還有零星的槍聲，看樣子是老飛刀客的同夥快到了。

「他們如果打算把我們抓回去，妳，一定要殺了我。」我盡量冷靜。

「好。」燕子咬牙。

老飛刀客凝視著我們，大概是明白了語言上的溝通徹底無效，左手與右手各自在自己的身上慢慢虛劃了五下後，右手再輕輕掠過胸前一下，一共十一下。

是預告什麼？

老飛刀客用手指比了個四，還連續強調了四次。

十一乘以四，還是十一加四？

乘四又怎樣？加四又是什麼意思？

「樓下有十一個人，等一下會連續強姦我們四次。」燕子的聲音很脆弱。

不愧是發燒的人的見解。

「我覺得他是想殺我們各十一刀，或加起來共十一刀……在四秒以內。」我說。

不管怎樣，都死定了。

老飛刀客看我們討論死法的表情，像是很滿意。

燕子跟我不知不覺手牽在一起，明明在發燒，此時她的手卻很冰冷。

「四秒過了。」燕子說。

幾個打手吆喝著上樓了，拿著衝鋒槍對準我們。

「……每個人的身上被射十一顆子彈，然後射四輪？」我只能這麼猜。

「所以是被強姦四次？」燕子嘆氣。

「他們也不是十一個人啊。」我反駁。

只見老飛刀客對那幾個打手猛搖頭，說了一串我們還是聽不懂的話。

那些打手看起來非常震驚，低聲表達猶豫。

老飛刀客的臉瞬間垮掉，走廊上的空氣溫度驟降了兩度。

那些打手果斷放下槍，扛起倒在房門口的三個同伴屍體，忿忿不已地離去。

老飛刀客慢條斯理穿上了放在樓梯把手的格紋西裝，看著目瞪口呆的我們。

老飛刀客摸了摸自己的額頭，又輕輕拍了拍胸口，手指比了比燕子。

老飛刀客點點頭。

轉身下樓。

3

開著假證件租來的破車，我們渾渾噩噩地在印度的鄉道上奔馳著。

有沒有人在跟蹤我們已經不重要了，只要在印度，就不可能脫離卡維斯的眼線。

一路上燕子大多在昏睡，醒來的時候也只是用嘴唇沾了沾水，說了幾句沒人懂的話又繼續昏死。再不找到醫生，再吃不下營養的食物，燕子就會在某一次的沉睡裡找到逃避跟老飛刀客對決的藉口，再也醒不來了。

我嘴裡咬著紅蘿蔔，乾燥的舌頭感受不到一點甜味。

當自己死過一次，好像對生命應該更豁達吧，但我的心卻變成非常恐懼。

面臨閉眼在即的死，跟面臨倒數計時的死，太不一樣了。

差一點就死了……所以絕對不想再經歷一次了。

就算他們用了我無從知悉的方法每分每秒監視著，我也得想辦法逃走。

「鬼子……」燕子的眼睛開了一瞇瞇縫。

「幹嘛？」我握著方向盤的手揪了一下。

「妳叫什麼？」

「吃了藥就好好睡覺，現在沒心情跟妳說。」

「我不想死掉。」

「我也不想。反正我會想辦法。」

「沒有辦法了，我根本打不過那個老頭。」

「沒發燒沒生病的話也打不過嗎？妳是不是太低估自己了，說不定妳是遇強則強的那型啊？還沒開打就認為自己一定輸，這種心態真的很要不得，我有好幾次以為我破解不了監視器的防火牆差點害死雇主，但我每次都很驚險得完成任務，所以妳——」

「我死定了，我完蛋了，妳也死定了……」燕子用她的絕望打斷我的幻想。

「阿樂呢？妳幹嘛不叫妳男朋友來救妳？」我誠摯地希望她去給我拜託一下。

「阿樂只是運氣好，他其實弱得要命。」燕子用微弱的力氣噗哧：「叫他來等於命令他死……」

「運氣好最重要了好嗎！」我越說越火大：「我們現在就是運氣超不好！背透了！」

「呵呵……」

「呵呵什麼啊？」

「阿樂他遇到我的時候……就把好運全都花光光啦……」

「妳也未免太臭屁了。」

「……」

可惡，又給我睡著了。

這一次，我注意到燕子的眼角有一點水水的。

我的視線也開始模糊。

預期死亡將至，都會想到家人。沒什麼根據，但我覺得這個世界上每一個當人家子女的，從他們心裡累積了一百個小秘密開始，他們真正的樣子就會跟爸媽自以為認識的，漸漸不一樣。

但，一次就好。

我真想跟我的臭老爸說一點，關於真正的我自己。

還等什麼？我拿起手機，在通訊軟體的對話框裡快速按下……

「臭老爸，我們來交換秘密。」

快點回我，趁我還一頭腦熱的時候。

4

緊張一向不是我的情緒選項，此時我卻不自覺地踩深了油門。

永遠記得在我上幼稚園的第一天，我媽媽在我進教室前一秒，忽然抓著我的肩膀對我大吼，說她對自己的人生一直有別的想法，現在我好不容易上幼稚園，算是真正長大了，她必須把握時機擺脫我跟我爸，不然她的人生就徹底完蛋了。我當然傻眼了問她為什麼人生會完蛋，我媽說等我上小學就會懂了，叫我好好照顧自己跟老爸之後，就用跑百米的速度衝刺……真的是衝刺喔，就跑不見了。

雖然全班小朋友加上老師都在看我，但我沒有哭，就跟我媽媽說的一樣，我長大了，我看著我媽媽衝刺逃離我的背影，我就完全明白從那一刻開始我就得好好照顧我爸，沒時間流眼淚。

只是上了小學，我還是不知道為什麼如果我媽媽不離開我爸跟我，她的人生就會徹底完蛋，畢竟我爸是一個很不起眼的人，就是這個世界的一顆小小螺絲釘，根本沒本事讓任何人的人生完蛋。

我爸平常的工作是以超龜速在市區開選舉宣傳車，台灣常常有各式各樣大大小小的選舉，我爸不愁沒飯吃，家裡也常常有一大堆貼著政客雙手抱拳的照片面紙。

我不覺得我爸很偉大，但也沒覺得他開宣傳車很丟臉，問題是他自己常常感到不好意思，要我在家庭聯絡簿的家長職業欄填上「計程車司機」。當時我問他，開計程車有比開宣傳車厲害嗎？他說有啊，因為計程車賺比較多錢。

我又問，既然如此你為什麼不去開計程車，是因為沒錢買計程車嗎？我爸說，他當然有錢買計程車，只是他正在存錢買房子，有一間房子死過人很便宜的，他已經快存到錢了，買到凶宅後簡單隔間一下就可以出租當房東。

我還是不懂，既然開計程車比較賺錢，他可以先把錢拿去買計程車賺更多的錢，這樣不就可以更快買到房子嗎？我爸說，我了解的是數學，不是他的個性，他的個性就是不愛聽人吩咐，開選舉宣傳車可以隨他高興亂繞市區，但開計程車就要一直聽人使喚，人家叫他去哪他就得開去哪，萬一生意太好，一天載到一百個客人他不就要聽人命令一百次嗎，簡直比開宣傳車還慘。

當他終於買下凶宅成為房東的那一天，我問他是不是可以在聯絡簿上的父親職業欄填上「房東」？我爸說不行，理由是房東聽起來無所事事，很像廢物，不然寫公車司機好了，比較有社會責任感。我還記得他當時表情一點都不尷尬，只是有一點難為情。

全部都是歪理，但又歪得理直氣壯，這沱矛盾構成了逼我媽手刀逃走的我爸爸。

拉哩拉雜說了一大段，好像我跟我爸爸無話不談，其實正好相反。

正因為我爸爸跟我之間很少說話，所以我記得每一次稍微長一點的對話內容。

我小學六年都是我爸開宣傳車載我上下學，那時至少還會問學校最近有沒有要繳什麼費用、在學校體育課都在打哪一種球、這次月經到底來了沒之類的。到了國中跟高中我都自己搭公車，兩人說話的機會更少。

放學後我都騙我爸爸我要去補習，實際上我都拿著虛構的補習費一個人去網咖混。網咖很多菸味，沾了我一身回家。我爸只問過我一次現在抽的是哪一牌的菸，我回他說，喔，沒抽啦，是補習班外面的巷子很多人抽菸，經過就變成這樣，他就沒再多問一句了。

我國一都在網咖角落無腦打怪，國二開始沉迷CS那一類的主觀槍戰遊戲，到了國三已經玩遍所有網咖的遊戲，為了衝等，自然而然研究起如何破解各種遊戲的後門，再進一步偷取遊戲公司的虛擬寶物盜賣給玩家賺錢。不知道從哪一刻開始，我覺得尋找遊戲後門的破解之道，比遊戲本身更好玩，更有挑戰價值——當我意識到我的道德感比一般人薄弱時，我已開始為我的道德感薄弱感到洋洋得意，來不及了。

考高中的時候，我爸隨口問我有沒有信心，我也隨口說有啊。結果我考上一間非常爛的高中，震驚了我爸。雖然他的表情只有扭曲了那麼一下下，顏面神經隨即恢復平常，但我可以感覺到他內心深處大受打擊。

大概是出於單親養育的虧欠感吧，我爸完全沒有唸我一句，反而在桌上留了一張紙條給我：「書讀得不好沒關係，重要的是，找到自己想做的事。P.S. 盡量不要去援交。」

我看了，真是啼笑皆非，還盡量不要咧，到底是有多不想要求自己的子女啊？

正因為我爸偏偏沒唸我，反而讓我深感壓力，萬一他自暴自棄連宣傳車也不開的話我就罪孽深重了。我必須讓他知道，我很好，沒媽媽我無所謂，他養我我很感激。

我該怎麼做呢？我應該想辦法成為一個努力用功讀書的小孩嗎？噢不，讀書太無聊了，更何況加上努力兩字，也未免太辛苦了。先扣掉這個選項吧。

我回了一張紙條放在餐桌上，寫了一個問題：「你想要我做什麼？我都可以。」

直到三天後我才看見又一張紙條上，來自他的回覆：「我也都可以。」

你可以，我可以，大家都可以，就是大家都不知道怎麼樣才可以。

我知道我爸開宣傳車，我知道我爸的人生態度很散漫，我知道我爸虛榮心旺盛，我知道我爸懶得找回我媽。但除此之外我不夠了解他，至少不了解我要怎麼做才可以讓他不要覺得，他有虧欠我什麼。稍微對我要求一點，我真的可以。

變成一個讓爸爸以我為榮的「新的自己」，暫時就成為我高中三年的目標。

但說真的，學校太爛了，不管對老師或是學生來說都是浪費彼此時間，唯一不爛的就是那間電腦教室，教育部補助了很多錢，什麼都是最新設備。我戒掉網咖，不管是數學英文還是生物，我通通都窩在電腦教室裡鑽研各種網路駭客技術，首先駭掉的就是學校網路，發給自己一張暗藏校長等級的通行證，缺錢就盜賣虛擬寶物，並試著踏出舒適圈，做一點社會級的小搗蛋。

有一次，我把學校前面的大馬路周圍一公里的燈號都設定成紅燈，瞬間癱瘓附近的交通，我洋洋得意時，突然燈號回復正常，我發現有別的駭客正在遠處跟我較量，我想重振旗鼓卻狠狠被打敗，對方還郵寄了一顆病毒炸彈到我的信箱，倒數計時威脅要毀掉我用那個信箱註冊的所有遊戲帳號。

我是不在意那些遊戲，但我很執著解除那枚病毒炸彈，超燒腦的，我到處查閱相關的程式碼，改寫又改寫，終於在期限內解除了病毒炸彈，還發現病毒炸彈的編碼裡，有一個駭客刻意留下的程式彩蛋，這個程式彩蛋極度難解，我又花了好幾個月都束手無策。

然後我又畢業了。

我的成績不是不好，是簡直爛透了，甄選大學時我當然一個志願都沒上，這完全不困擾我，也不再困擾我爸——為了圓謊就得說一個更大的謊，這就是說謊最迷人之處。我索性跟他說我申請到了美國芝加哥大學的哲學系與物理系，一口氣修雙學位。我爸非常開心，連睡覺也會忽然鼓掌，我真替他高興。

盜賣虛擬寶物讓我存了不少錢，一併存下說謊的籌碼。我買了機票去美國一趟，聘了幾個臨演演出我的室友跟教授，花了十幾天，拍了一大堆我在芝加哥大學校園生活與讀書的系列照，那些照片有幾千張，我戴了各種顏色的假髮跟不同季節的衣服，足以哄騙我爸四到五年。

說謊是為了讓相信謊言的人更加幸福快樂，這是說謊的第二迷人所在。想像著我爸一定會反覆看著那些五彩繽紛的留美假照片，以一不小心就養出我這個資優生為榮，非常好，這就是我對他最大的孝順。

我在美國還是一樣，為了破解那顆程式彩蛋，無時無刻都在程式深海裡升級我的駭客能力，突然有一天彩蛋終於解開，我看到一行發光的、特殊加密的網址，找到了鬼子架設在暗網最底層的社群網站「櫃子」——CABINET。

我猜，我這就算是誤打誤撞通過了鬼子的入會試驗吧。

在一連串的巧合與不幸下，我薄弱的道德感發揮了作用，幾個殺手經紀人聯繫了我，出了價，請我幫幾個殺手排除任務障礙。有何不可。這份新工作太刺激了，尤其駭客能力並不是鬼子的全部，各種隨機應變都非常必備，一有閃失，我的老闆就沒命給我尾款。

鬼子的收入比盜賣虛擬寶物好多了，只要有網路跟筆電，在世界各地我都可以協助殺手做事。於是我到處旅行，還經常回台灣吃魯肉飯，只是沒想過回家。偶爾我會煩惱畢業典禮該怎麼辦，我爸虛榮心旺盛，一定會想來參加，到時候我非得租下學校一個禮堂，找臨演公司請人扮成畢業生跟校長，搞一場熱熱鬧鬧的假畢業典禮，唉該會有多白痴。

諷刺的是，在我假留學美國的這段時間，反而是我爸跟我最親密的時候，這都多虧了智慧型手機裡的通訊軟體。

仔細想想，單純靠嘴巴聊天是很有壓力的，我講一句，你沒馬上回嘴，就會冷場，冷場的密度一高就顯得雙方很疏離，會有一種早知道就不打電話了的後悔。

用通訊軟體就不一樣了，只要隨便寫兩句，加幾個表情符號，彼此就可以沒有負擔地聊天，如果不知道要聊什麼，就轉貼幾個關於注意健康的小知識，人類關於怎麼吃比較健康的信仰常常變來變去，小知識永遠也貼不完，今天生酮飲食，明日高蛋白減肥法，真不知道該說什麼就用長輩貼圖吧。我爸變得很多話，我也愛抬槓，父女倆互相吐槽來吐槽去慣了，有一天我爸喝醉了，甚至跟我分享他昨晚去茶店找按摩妹的感想後，他的話匣子就徹底打開了。

我爸什麼都跟我說。

我想，我欠他很多很多，我真正想跟他分享的自己。

5

眼前有個加油站，還有一間小雜貨店，我停了下來。

「喂，要不要下車尿尿？」我推了推燕子，她的身體還是熱烘烘的。

她吃了一堆消炎止痛藥、肌肉鬆弛劑跟抗組織胺，一般藥局能找到的都讓她吃了，這已經是我GOOGLE的極限，燕子亟需專業的治療。

「我要睡覺……我尿在車上就好了。」燕子的頭黏在車窗上。

「隨便妳。」

我下車加油，順便補充飲水跟紅蘿蔔。

燕子睡得很沉，我打開剛剛用來擋子彈的筆電，進入了鬼子共同架設在暗網上的社群網頁「櫃子」CABINET。

CABINET當然是一個無法追蹤的動態網站，IP位址每十三秒就自動轉移一次，每個鬼子表面上共享同一個虛擬帳號，避免有誰知道正在發文的人是誰，彼此也無法互相追蹤，但進入CABINET的密碼各自不同，產生了共用帳號底下的私有空間，不同的空間裡各自儲存不同的交易籌碼。

除了共同累積一些公版的防火牆破解程式外，許多鬼子還會在CABINET裡交易各式各樣的資訊，交易使用的貨幣不是錢，而是資訊本身。

越多鬼子感到好奇的資料，就越有價值，而鬼子們的好奇心完全無法捉摸。

要弄懂下午在小旅舍走廊上究竟發生了什麼事，我得先知道這個印度老飛刀客的來歷。我先搜尋幾個關鍵字「印度」、「卡維斯集團」、「老飛刀手」、「大小不一的刀」，確認之後得到一個資料庫索引，以及調閱資料所需要的資訊量。

我貢獻了一點燕子在任務上的任性怪癖當作籌碼，嘗試交易，但資訊價值還是不對稱，我只好寫一點燕子跟阿樂談戀愛的無聊八卦，沒想到大家的好奇度瞬間暴升，我一下子就交換到了重要的情報。

閻摩，取自印度教裡死神的意思，也是這個老飛刀手行走江湖的別稱。

比起其他的合約殺手，閻摩不知為何單單受雇於卡維斯集團超過半個世紀，當專屬看門狗的性質遠遠大過於殺手。閻摩替卡維斯集團殺了不少擋路的人，其他搶地盤的人肉集團就不說了，連警察與法官都宰了不少，他以絕不留下任何活口著稱，連小孩子跟孕婦都不放過，由他執行的任務，在命案現場蒐證的驗屍官都會一直吐個不停。卡維斯集團的惡名昭彰，閻摩殘暴的手段貢獻了不少點數。

閻摩沒離開過印度。閻摩只用飛刀殺人。

大多數飛刀手習慣用重量與長短都一模一樣的刀，好徹底掌握飛刀的特性，射出精心計算的弧度。閻摩所用的飛刀大小不一，幾乎一觸碰到任何一種質量與長短的飛刀，都能瞬間創造遠超出敵人想像的殺人軌跡，忽快忽慢的多重刀速是他的拿手好戲之一，就跟我在走廊上見識到的類似。但他的絕招不只如此。

閻摩與號稱亞洲第一飛刀手的老殘，據說曾經在同一個任務裡短暫交鋒過，兩個人最後都沒能殺死對方，但離開印度的老殘，他手中的飛刀從此只剩下單純的殺意，失去了變幻莫測的創造力。而根據其他鬼子提供的最新資料，閻摩近年已經很少出動了，可能是生病，也可能是在與老殘一戰中受了難以啟齒的重傷。

閻摩受了重傷？我親眼見過，這點完全是放屁。

閻摩手段殘暴這個傳說，有過些許互動的我也很懷疑。

我想了想，乾脆把閻摩在走廊上的比手畫腳說了一遍，讓其他鬼子猜謎。

這個動作引爆了CABINET的討論，大家熱情奔放地猜起了閻摩的手語，雖然胡說八道居多，但其中一個突發奇想在一堆搞笑裡脫穎而出，贏得大家一致好評。

「妳發燒了，請全力養好妳的身體。期限是四天，注意了，是四天，四天過後，我要在妳們身上砍下十一刀……或一共十一刀，大概是這樣吧。要不然！要不然就是分屍成十一塊！」

原來如此。

有道理，這肯定就是我們被放走的理由。

閻摩看中了燕子的飛刀造詣，基於一種強敵難求的玩興，閻摩斥退了卡維斯其他的打手，給了我們四天復原的時間。四天之後，關於閻摩殘忍的傳言，是真是假，將印證在我們身上。

鬼子們兀自在CABINET上熱鬧地討論著燕子與阿樂之間的八卦。

「他們遲早會分手好嗎！殺手之間的戀情聽起來就是大悲劇收場……」

「阿樂反正就是一個魯蛇，魯到底了啦！」

「你們有沒有聽說過阿樂之前被仙人跳的八卦？超好笑的！」

「有有有，聽說他在汽車旅館被詐騙集團脫光光五花大綁，最後是經紀人砸錢救他！」

「我聽到的版本是阿樂被那個愛踩腳的小仙救了，不是經紀人。」

「難怪小仙是阿樂的前女友。」

「小仙不是阿樂的前女友吧，聽誰說的？」

「小仙跟我說的啊，我當過她兩次鬼子，她跟我說了很多阿樂的壞話。」

「小仙是神經病啊她說的話不能信啊！」

「小仙腦子壞了加一。」

「加一。」

「說真的燕子漂亮歸漂亮，但個性太機掰了，阿樂魯是魯，但滿可愛的。」

「燕子真的很機掰。」

「阿樂我收。」

「那我打包燕子嘻嘻。」

「好吧燕子這次真的有屌到，給推！」

「如果他們沒有分手我就有愛情的信仰了，拜託他們堅強一點嗚嗚。」

「不會有如果了啦，燕子就要被閻摩殺掉了不是？」

「R.I.P.」

然後螢幕上一大堆的R.I.P.像瀑布一樣撒下。

網路上的R.I.P.特別廉價，尤其會當殺手的都不是正常人，會幫殺手殺人的鬼子也好不到哪裡去，對於燕子即將被閻摩連砍十一刀殺掉，大家除了同情發一串R.I.P.，也不會再多給予什麼幫助。

資訊僅僅是資訊，聊聊八卦也只是打發時間，彼此不妨礙彼此的工作，畢竟人家各有各的活幹，閻摩說不定也有他自己的鬼子在CABINET上……雖然我不相信就是了。

叮叮噹噹……手機訊息回覆的聲音。

「三八阿花，妳想交換什麼秘密？」老爸總算是回覆了，加上一個很欠揍的貼圖。

「我要跟你說一件事。」我的心情實在很複雜，附上一個嚴肅的表情貼圖。

要怎麼說呢？

劈頭就說，對不起我留學是騙你的？這個好像還好。

但接下來的那一句就很可怕了——對不起我的職業是幫助殺手殺人。

難以啟齒。

「妳是同性戀啊？沒關係啊老爸接受，什麼時候帶回家鑑定一下。」老爸的語氣還是很痞。

「是也很好，但不是。」我斷然否認。

「懷孕了？」老爸附上了一個遭到雷擊的表情貼圖。

「懷孕了又怎樣？」我嗤之以鼻。

「是黑的還是白的？」

「不是懷孕！不是！」我覺得好笑。

「是不是妳被當掉了沒辦法畢業？我馬上衝去殺了教授！」老爸卯起來亂猜。

「不是，我才沒被當掉好嗎？教授愛死我了！」

天啊，我怎麼忍不住又說謊了呢，真是超賤超賤的說謊本能！

「到底是什麼秘密？」

「喂喂喂我說的是交換秘密。你先說你的。」我只能先轉移焦點，思考著怎麼把我想講的東西說出來。

手機那頭停了許久。

過了十幾分鐘，老爸才傳來：「……有點難，老爸我連愛嫖妓都跟妳報備了，哪有什麼秘密。」

不對勁，老爸一定真的有什麼秘密，才會龜那麼久才回我。

這引起我的好奇心了。

「快說。」我手指連續複製貼上：「快說！」

「妳先說妳的啊，還有比退學更恐怖的秘密我想聽！」

「我哪有說比退學更恐怖。」

我打字的時候冷汗直流，媽的的確比被退學恐怖，那就是我根本沒去上學啊！

不行不行，再不轉移焦點我會壓力過大暴斃。

「臭老爸，你該不會得了癌症吧？睪丸癌？」

「得個屁，除了性病以外我什麼都不會得！」

「那是我要有繼母了嗎？我的繼母是妓女嗎？」

「不是！快說妳的秘密，不要逃避！我知道了，妳想變性對吧！」

我真情願我是想變性，也不想說我不僅沒念大學還跑去幫忙殺人。

直到離開加油站之後的好幾個小時，我們兩個就這麼僵持著，誰也沒再多發一個正經的訊息。除了錯過告白認錯的時機，使勁踩著油門的我，心裡還有一種說不出來的古怪……平凡至極的老爸會有什麼難言之隱的秘密？

不，不可能。至少老爸那種人就不可能。我只是為了平衡自己內心的罪惡感，一廂情願地認為每個人都有無法分享的黑暗秘密罷了。

天色暗了，疲倦淹沒了恐懼，我不得不找地方落腳。

遠離城鎮，我將車子停在一間半廢棄的小神廟旁，附近只有幾個在樹林裡苦行的僧侶，他們對我們不感興趣，甚至有種敬而遠之的嫌惡感。很好。

燕子的晚餐是半罐甜死人的蘋果汁，我則吃了三根紅蘿蔔。

依據鬼子一起得到的結論，閻摩給的決戰期限是四天，現在已經過了快一天。

就算閻摩突然暴斃，在全印度撒下天羅地網的卡維斯集團還是我們無法突破的死亡界線，三天後我們不是被閻摩分屍成十一等份，就是被卡維斯集團轟成馬蜂窩，下場都淒慘無比。

翻來覆去睡不著的我，不禁羨慕起一直用昏睡逃避現實的燕子。

我靠著車窗邊用手機寫了一封長信，設定系統在三天後自動登錄我的帳號寄出，寄給我獨自在台灣嫖妓收租的臭老爸，老老實實地交代我隱瞞他的一切。

不意外，我寫到一半就淚流滿面。我沒有自己認為的那麼酷，我根本超級脆弱。

此時，燕子的經紀人阿權傳來最新的加密訊息，打斷了我的絕筆。

我深呼吸，祈禱願意幫忙偷渡的船家已經找到，解開暗碼的手指顫抖得厲害。

沒有。

依舊沒有船家願意挑戰卡維斯集團的威信，冒險偷渡我們出境。

我肯定在絕望的苦笑裡睡著。

6

好香。

我的夢境裡肯定充滿了各式各樣好吃的東西，虛擬的嗅覺激動了我現實裡的胃，強烈的飢餓感將我喚醒。

睜開眼的第一瞬間，我感到非常錯愕。

初晨的陽光下，一個女孩眼神迷濛地看著我。

我有點困惑，背脊反射性往後一撞。

那不是迷濛的眼神，是混濁熟透的眼白。

一個小女生的頭顱擺在車子的引擎蓋上，冒著煙，被沸水煮過的氣味撲鼻而來。

燕子被我的尖叫聲喚醒。

她呆呆看著引擎蓋上的頭顱，久久不發一語。

她一定認得那個女孩。

那個女孩就是幾天前，燕子在貨櫃屋裡救出來的其中一個雛妓。在燕子大顯神威一個人加幾十柄飛刀把卡維斯的人肉貨櫃屋殺得翻天覆地時，這個女孩一直緊緊挨在燕子身邊，還幫忙拔了很多次插在守衛脖子上的飛刀，交還給燕子。

現在，女孩灰白的眼神，安安靜靜地凝視著讓一切發生的因果。

她人生中遇過最美好的事，導致了她人生中最悲慘的經歷。

卡維斯集團企圖向我們展現的是無所不在的勢力，以及無惡不作的權力。他們可以在這個窮鄉僻壤裡找到我們，其他十幾個被燕子救出的女孩，也一定都被抓回去了。

燕子為女孩所做的一切不僅徒勞無功，還觸發了更慘烈的結果——這就是卡維斯要所有人一起見識的，該集團的處理方式。

我看著燕子。

燕子伸出手。

「藥。」

我將藥丸放在燕子炙熱的掌心，她沒喝水，一口吞下。

燕子定了定神。

「頭還冒著煙，他們沒走遠。」

燕子整理身上僅剩的幾柄飛刀，離開前將其中一柄放在副駕座位上。

「半小時我沒回來，妳就自殺吧。」

燕子尖酸刻薄的語氣，比她妄自離去的背影更討人厭。

隨時都會自己倒下的燕子，在樹林裡追逐她的制裁。

我則捧起了蒼白的女孩，在神廟旁找了一棵小小的菩提，掩埋了她終於得到安寧的靈魂。

燕子遲遲沒有回來，早已超過了兩小時。

我拿起她留下的飛刀，嘗試朝我的脖子劃下，這樣，那樣，試了各種角度，卻一直下不了決心。如果按下電腦空白鍵我就瞬間失去心跳，我肯定按。但拿刀在頸動脈上戳出一個洞……還是算了。

我將飛刀平放在隆起的土堆上。

「丟下一把刀叫我自殺，全世界就妳最機掰，妳最了不起。」

燕子任性又機掰，我當然也可以很不受控。

我打開電腦，找到從她手機裡偷偷複製的通訊錄。

不管燕子的身體有多虛弱，手上的飛刀有多重，那個任性鬼一定會回來。

那時她會需要一個好醫生，還有一個……

7

故事說到這，我已承受不了更多的峰迴路轉。

當我終於在樹林深處找到四具手裡拿槍的屍體，以及昏倒了好幾個鐘頭的燕子時，我祈禱所做的決定還來得及。

依照網路那端開出的緊急醫療清單，我用最果決的速度開車前往新德里機場，沿途看到藥局跟診所就停下，盡我所能買到清單上的藥品以及簡易的醫療器材，最後訂下一間距離新德里機場最近的旅館房間，將位置與房間號碼發送給我不得不信任的那個人。

將最後一台監視器黏在走廊上方後，我把一下子熱一下子冷的燕子扔到床上去，蓋好被子，拉了一把椅子擋在門口，自己坐在上頭閉眼休息。

接下來就是相信與等待。

相信，閻摩給下的死亡期限，能制約卡維斯集團底下的其他打手。

等待，幾個小時前從台灣即刻起飛的班機，能帶來最強力的奇蹟。

我睡睡醒醒。

醒的時候不敢確認燕子是不是還活著。

睡著的時候倒是一直夢見我不停地鼓勵燕子要努力活下去。

敲門聲終於出現。

我想打開電腦，確認走廊監視器的畫面。

但此舉是否多餘？

我看了躺在床上的燕子一眼，不知道她的胸膛是否還有些微起伏。

算了，思考或祈禱都只是讓恐懼有機可乘的不良物。

我打開門。

站在門口的，是比死神還要讓我難以理解的——

「象山小子？」

我肯定不是在做夢，夢都比這個畫面更有邏輯一百倍！

百分之百，萬分之萬，站在門口的這個年輕人，就是老爸這一年來不停提到的超級好房客新生代好男孩，象山小子！

象山小子穿著超出他年齡的西裝，一臉錯愕地看著我。

「房東……的女兒？」象山小子的表情已不是呆滯等級，而是五雷轟頂。

我擅長程式編寫，但為什麼我偷偷向曉茹姊乞討來的黑市醫生，會是我爸的房客？各種離譜的可能性在我的腦袋裡快速交配，但就是繁衍不出眼前這個畫面！

象山小子滿臉漲紅，充滿了糾結。

我想我的臉上肯定也是各種複雜。

慘了，他會跟我老爸說我在印度胡搞什麼嗎？不，我不怕，我原本就寫好了豁出一切的告白信，有什麼好怕！

不怕不怕我不怕，但為什麼我的喉嚨哽塞，耳朵只聽得見怦怦怦的聲音，恐懼在我心臟裡擠壓出的力道，跟前天在小旅舍遭遇死亡突擊時不相上下？

象山小子好像開口，但沒有說話，他充其量只是把嘴巴打開。

我點點頭，可完全不曉得這個時候為什麼要點頭。

兩個人在門邊進行著意義不明的負交流，三十幾秒過去了，我們終於很有默契地，都裝出了一切盡在不言中的態度，我不知道自己為什麼要苦笑，估計象山小子也不明白他自己幹嘛要聳聳肩加吐舌頭。

我側身讓開，讓象山小子進房。

他快速檢查了燕子的狀況，體溫、舌下、眼球反應、傷口化膿……喔，象山小子果然就是我緊急拜託來的醫生，嗯我沒有一點覺得訝異，肯定是我剛剛就意識到了這點吧。

但為什麼？憑什麼？我老爸說他還在念高中啊？

象山小子只用一秒掃視了我一路準備的三種形式的手術刀、竭盡所能搜刮到的管制級抗生素、高濃度酒精、紗布與點滴袋等等，好像剛剛好及格了。

「細菌感染得很嚴重，我要幫她緊急清創。」象山小子唸著嚴肅的句子，表情卻很尷尬：「其他的情況我不清楚，需要知道嗎？」

「你還需要知道什麼？」我的語氣冷淡到非常專業，表情我就沒把握了。

「曉茹姊只告訴我燕子的傷勢跟我可以拿到的價錢，其他我都不清楚。」象山小子高效率地幫燕子打起了點滴，將抗生素注射進營養液裡：「我需要趕時間嗎？」

「要，燕子必須在明天中午以前回復到最佳狀態。」

「事情還沒做完嗎？」

「早做完了，現在是逃命。」

「逃命啊……手術沒問題，子彈穿透得乾淨俐落，省了我不少事，問題在感染的控制，那要看她自己。」象山小子戴上手套，開始消毒他的雙手與手術刀：「基本上多睡幾次就好了，至於明天中午……呵呵，距離最佳狀態還有一萬公里，頂多不再發燒跟小便不會痛痛的，但我想逃命是沒問題啦。」

逃命當然非常有問題，因為不讓我們逃命的障礙比任務本身要困難一百倍。

「那阿樂什麼時候到？」我裝作若無其事。

「喔，曉茹姊說他是今天早上出發，下午五點半才會到。」象山小子動作非常熟練地開始處理燕子肩上的槍傷：「我是提前搭香港轉機的特班次，畢竟曉茹姊把狀況說得非常危急，結果也還好嘛。」

不正常。

我們之間的對話實在太不正常了。

「為什麼阿樂這麼晚？」我拿起手機，開啟靜音模式。

「他好像正在做事，曉茹姊堅持他一定要搞定才能走。」象山小子仔細挖掉壞死的傷肉，放在床邊的茶碗裡：「是怎樣，逃命需要他嗎？」

我默默拍下一張象山小子正在手術的背影。

「多一個人比少一個人好。」

「阿樂有那麼強？我常常幫他處理非常白痴的傷口，只有低能兒才會整天從樓上摔下去，真的是各種摔，最近還多了一個老人摔，真好笑。」

「有比沒好。」

我調整呼吸，用顫抖的手指點下通訊軟體的對話紀錄，找到了老爸。

我將剛剛偷拍的照片傳送出去，寫上「臭老爸，你猜猜我今天遇到誰」幾個字，不思考，不祈禱，直接按下傳送。

象山小子放在地上的背包發出隱隱約約的震動聲。

我腦袋裡的因果程式碼浮現出了結論，但推導的過程一片空白。

「所以你們現在到底什麼情況啊？」象山小子好像很專注清創，完全沒有回頭。

「就遇到一些麻煩。」

老爸未讀。

我顫抖的手指繼續打字送出：臭老爸，說好要交換秘密的，對吧？

象山小子放在地上的背包再度發出震動聲。

雖然是震動，但房間裡很安靜，他一定也聽見了。

「在印度找不到黑市醫生嗎？」象山小子用起了鑷子跟小剪刀。

「仇家的眼線太多，只好找曉茹姊下單幫忙。我偷看了燕子的通訊錄。」

老爸未讀。

我索性光明正大拿起了手機，越打字越用力：臭老爸聽好，我的秘密就是，其實我根本沒去美國念書，過去三年我都在當殺手的助手。你知道殺手的助手叫什麼嗎？

送出。

地上的運動背包再度發出清晰的震動聲。

連續三次都這麼巧，就不可能只是巧了。

「呵呵，我該不會也有危險吧？」象山小子的語氣輕鬆。

我瞪著他操作手術的背影，心裡越來越熱：「說不定你一下飛機就有人跟蹤，只是故意放你過來。」

「為什麼要放我過來……喔對了，他們想透過我找到妳們齁。」

「仇家給我們時間恢復，他們想跟健康的燕子幹一場。」

「還有這種的喔？」

「來得及嗎？期限就是明天下午。」

我的手指已經不再顫抖，每一個按鍵都超大力，指甲刻意碰到螢幕的聲音大到不行：臭老爸，你的秘密是什麼？快點跟我說！快點！

複製，貼上，連續送出十幾次。

地上運動背包裡的震動聲一直沒停過，我的呼吸也越來越粗重。

「就說不是看我，是看她自己的恢復力。」象山小子的動作很快，竟然已在幫燕子的創口消毒：「既然印度這麼危險，等一下弄好我就走了，抗生素的吃法我再跟妳說。」

「不行。」

「不行什麼？」

「明天打完，如果他們還活著，身上的傷一定很恐怖，你得留下來幫他們處理。」

「呵呵，是喔，啊不就很麻煩我，我不就全宇宙最倒楣。」

不只全宇宙最倒楣，還是全宇宙最可疑。

我看著象山小子將房間裡的簡易醫療發揮到極致，燕子身上所有的傷口一一被完善處理，而他從頭到尾都沒有轉過頭來看我一眼，也沒把視線落在地上不停發出惱人震動聲的運動背包過。

我持續按著訊息送出。

但象山小子的動作一點都沒有心煩意亂的感覺。

「對了。」

「嗯啊嗯啊……妳講的都對啦。」

對什麼對，我可是什麼都沒講。

「你的手機一直震動，你不看一下簡訊嗎？」我的語氣漸漸咄咄逼人。

「……不用看。」象山小子還是背對著我。

「我看手術滿成功的，你差不多可以稍微休息一下，看看簡訊了。」

「那不是簡訊啦。」象山小子龜毛地確認燕子的體溫，好像體溫計可能出錯似的。

「你還沒看怎麼知道那不是簡訊。」

「那不是手機，那是跳蛋啦。」

這樣也可以掰，的確跟這陣子老爸的語氣滿像的嘛。

「我聽你在喇叭，男生放什麼跳蛋。而且為什麼沒人碰它自己會震動。」

「就漏電嘛。」

「再繼續啊……把跳蛋拿出來看一下啊。」

象山小子突然轉過來，沒好氣地反問：「對對對我就是不想把跳蛋拿出來怎樣，妳妳妳現在不是在美國排名第幾的那個芝加哥大學念雙學位嗎？突然出現在印度是怎樣？妳好像就是跟曉茹姊聯繫上的那個鬼子對吧？鬼子就是幫殺手處理監視器之類的我沒弄錯吧？鬼子耶！幫忙殺人耶啊不就好棒棒好厲害，我的天！妳一個大學生不好好念書跑到印度幫忙殺人咧？還搞到雞飛狗跳反過來被追殺是怎樣？不是吧！還是妳根本從來就沒在美國讀書！」

「你才奇怪！你最奇怪！你只是一個高中生，偷偷幫別人動什麼手術啊！你有念過醫學院嗎！而且你根本就不認識我，憑什麼用這種口氣……」

「我最好是不認識妳！妳喜歡蒐集有水果圖案的紋身貼紙，妳不喜歡吃青菜卻很愛一直啃生紅蘿蔔，買手搖飲料絕對不減糖也不少冰遲早肥死妳，妳喜歡把鼻涕吸回去吃掉，左邊虎牙比右邊要大一滴滴，喜歡站著尿尿！」

一時之間，我竟然被嗆到啞口無言。

不行！我不能被胡亂拉走焦點，焦點是為什麼老爸的手機會在他的背包裡！

我正醞釀一輪反攻的時候，門直接打開。

象山小子跟我都嚇了一大跳，不誇張，身體像是觸電一樣彈了起來。

不是阿樂。

門口是一個瘦弱的印度女孩，她的臉因為過度驚嚇而缺乏一切表情，全身發抖。她的身邊站著兩個身材高大的印度男子，一個拿槍對著房間，一個拿刀架在女孩的脖子上。

不用說，眼前的印度女孩也是那一天被燕子救出來的雛妓之一。

「……」象山小子嘴巴再怎麼厲害，也瞬間知道眼前狀況的恐怖。

「！」我彷彿預見了最壞的可能。

拿槍的印度男子掃視了房間裡的一切，像是確認狀況。

拿刀的另一個人看著我的眼睛，把架在女孩喉嚨邊緣的刃口往旁邊一帶，再用力將她往房間裡一推，兩個男人隨即離去。

喉嚨被切開的女孩在地上打滾，鮮血狂噴，痛苦地撞來撞去。

緊急充當黑市醫生的象山小子就在現場，又能怎樣，他呆呆地貼著牆壁不敢動彈，不怪他。我也只能抵抗崩潰逃跑的本能，拚命抱住像陀螺一樣打轉的女孩，扯開喉嚨用大叫填補我炸裂的恐懼。

當我懷裡的女孩終於不再掙扎，只剩下輕微的抽搐，我的身上已全是鮮血。

血很溫暖，很腥，停止流動。也終止了顫抖。

我分不清我越來越激烈的呼吸，是否意味著憤怒漸漸壓倒了恐懼。

但很清楚——絕望，是此時最巨量的情緒。

8

第三個女孩，其被嚴重毀容的頭顱，就在五個小時後出現在阿樂的手上。

阿樂站在門後說，他是在旅舍櫃檯上看到的，猜想到大概怎麼回事，順手就拿了上來。他說，從一樓走到三樓，旅舍已經空無一人。

看樣子，閻摩已經挑選了這裡履行他的約定，命人逐退了店家與所有房客。

阿樂看起來跟燕子形容的很不一樣，他手裡捧著女孩被嚴重糟蹋的頭顱，看著血水一場糊塗的房間，卻一臉非常淡定，不知道他是比燕子形容的白痴還要更白痴，還是他有一種大智若愚的氣質。

「曉茹姊在我快登機時才告訴我，妳偷偷跟她說的事。嗯，還加上她求證燕子經紀人……我忘了叫什麼，其他應該知道的細節，我大概曉得怎麼一回事了。」阿樂看著躺在床上持續昏迷、但已退燒的燕子。

他握著她的手。

他講話的時候，嘴巴飄出一股怪怪的味道，我說不出來但好像在哪裡聞過。

但不熟，算了不問不會死。

象山小子呆呆坐在窗邊吃著餅乾，用很機掰的氣音說：「死定了真的死定了，沒想到會死在印度……」

「曉茹姊說，你是殺手，她是你的經紀人，所以照規矩她只能幫你接單殺人，不能給你保護誰誰誰的那種保鏢任務。」雖然洗了很久的澡，但我還是聞到自己身上濃厚的血腥味：「我尊重規矩，所以我正式委託曉茹姊聘了你，內容是殺掉閻摩。那是一個很高的價錢，但規矩的好處就是我可以只付一點點前金，其他等你做完事再付清……或是做事失敗以後自動失效。」

「要保護燕子離開印度……嗯嗯，我在飛機上想了一下下就放棄了，想說，我怎麼可能認識什麼印度人，而且也不可能想到妳沒想到的辦法，不然就這樣好了，我真的就把閻摩幹掉，完成任務不就好了。」阿樂的表情非常正經，一點都沒有在說幹話的感覺。

「這個……閻摩的資料曉茹姊有給你嗎？」

「有啊。」

「他輕輕鬆鬆就接住燕子的飛刀，你也知道嗎？」

「曉茹姊有說。」

「是接住，不是躲開，而且一次接住兩把，你知道這是什麼意思嗎？」

「知道啊，滿狗屎運的嘛，但請放一萬個心，比運氣我在行，我最近的運氣也是無法抵擋。」阿樂非常嚴肅地從他的口袋裡拿出一張陳美鳳與一個噁心胖子的護貝合照，說：「不要小看這張照片，它其實是一張獎狀，憑它可以在一年內不限次數到店裡吃咖哩飯，隨便吃幾碗，每一碗都可以加肉鬆……應該吧。這獎狀我一開始算是輸掉，後來才贏回來，比一開始就得到還要珍貴，正所謂失而復得，運氣滿滿！」

我太吃驚了，這個阿樂，果然就是燕子嘴巴裡嫌棄得要死的那個阿樂！

絕對不是大智若愚，是非常白痴！

「那是陳美鳳的簽名嗎？」象山小子湊過臉看。

「不只好不好，老闆肚蟲也有一起簽，所以是超特別的聯名款。」阿樂得意。

「真的假的……」象山小子嘖嘖，眼睛都快碰到那張照片了：「真的耶！」

是真的又怎樣！肚蟲到底哪位！

「我聽你在喇叭。」我壓抑住哈哈大笑完馬上開窗跳下去自殺的衝動，用非常穩定的聲音跟阿樂解釋：「我的計畫是，無論如何，國際機場還是一個非常講究秩序的場所，不只是國家的地盤，也是那些政客的面子，只要我們可以通過登機門，就可以說非常安全，除非他們打算把飛機轟下來搞成國際新聞——我完全排除這個可能。所以我想——」

「好啊。」阿樂點點頭。

「好啊什麼？」

「就我把閻摩幹掉，然後大家買機票回台灣，本來就會通過登機門啊。」

哈囉？你剛剛都耳朵閉閉嗎？

「……」我心平氣和地解釋：「不是，我估計不管這間旅舍外面，還是機場附近的街道都有卡維斯集團的爪牙，一被發現我們想直衝機場的企圖，他們就會不惜一切代價在街上發生開打，街上的火拼事件是卡維斯集團可以承受，甚至是很受歡迎的選項，他們想讓所有人看清楚惹火他們的下場。但是你，我覺得你來到這裡的任務，是保護我們一路抵達新德里國際機場，只要一到機場就算安全了一半，驗了護照過了安檢以後，只需要應付下毒之類的暗算，我們就算安全九成，過了登機門——」

「沒關係我就先把閻摩幹掉，之後再把卡維斯集團的人都幹掉，確定大家都被我幹掉以後，我們慢慢去機場，一樣會走到登機門。」阿樂心裡的白痴殺手數學正悠揚地發揮作用。

我看了象山小子一眼，希望他說點什麼機掰話喚醒沉醉在夢想裡的阿樂。

象山小子呆呆地看著阿樂：「好棒棒，那就全靠你了。」

「好，你們很有自信我覺得很好，現在最主要就是避免慌亂。」我逼近臨界點的耐性正一點一滴消耗殆盡：「但我們也要以現實為考量。現實，知道是什麼？就是最有可能發生的事實，這點沒爭議吧？現在最接近事實的現實就是，閻摩，他的實力遠在燕子之上，而燕子又在你之上，這點你同意嗎？阿樂？」

「完全同意，燕子是亞洲第一飛刀手，實力遠在我之上。」阿樂點頭。

看樣子這白痴一秒回到現實，非常好。

「既然閻摩強過燕子，燕子強過你，所以閻摩也強過你，這數學沒錯吧？」我故意講得很慢，以免有人故意聽錯。

「對。」阿樂斬釘截鐵地說：「但我可以幹掉他。」

象山小子猛點頭的速度像是失智了：「對！靠你！」

「閻摩強過你，但你可以幹掉他？」我的理智線排山倒海地斷裂。

「沒錯。」阿樂信誓旦旦，再度亮出那張陳美鳳與醜胖的合照：「因為我有這個。」

我龐然巨怒，用力拍桌：「白痴！你不可能幹掉閻摩！但你至少要在閻摩幹掉我們之前，把大家安全送到機場！這就是你的任務！」

這一拍桌，燕子醒了。

燕子看著阿樂，又好像沒有看見阿樂，她的意識還陷在深淵裡，無法置信似的。

阿樂握著燕子的手，什麼話也沒說。

我跟象山小子都沒有出聲，讓燕子用她的節奏慢慢感受阿樂已經趕來的真實。

許久，燕子放在阿樂手裡的手抽動了一下。

她眨眨眼，視線終於將阿樂吸進心裡。她的眼珠子在陌生的房間裡轉啊轉，看見了牆角染紅的毯子、毯子底下隆起的屍體，以及未曾謀面的象山小子。她的腦子裡大概正把所有的畫面拼湊在一起，組成一個可以被理解的當下處境。

「這是我從台灣請來的冒牌醫生。」我隨口解釋：「阿樂也是我聘的。」

燕子費了好大的力氣左搖右擺，試著坐起來，阿樂放開了手，任憑燕子試探自己恢復到了什麼程度。象山小子大約吃了七片洋芋，不停喘氣的燕子總算坐直了。

燕子抬起手，盯著埋在手腕裡的點滴針，又開始發呆。

阿樂一手捏捏燕子的臉頰，另一隻手輕輕摸摸她的頭。

「好久不見，女朋友。」

「嗯……」燕子含糊不清地說：「你吃了什麼？」

「啊？」

「嘴巴聞起來好怪。」

「先別說那個了，妳知道嗎？我一聽到妳讓自己陷入大麻煩的原因，我覺得……天啊天啊我有這樣的女朋友我全宇宙最驕傲啊，真希望從一開始我就在妳身邊。」

燕子嘟著嘴：「但又沒有。你都讓別人欺侮我。」

「妳再睡一下，醒來後閻摩就被我幹掉了。」阿樂說著毫無根據的幹話。

燕子搖搖頭。

很好，這個房間裡至少有個人跟我一樣清醒。

「卡維斯……必須殺掉。」燕子的眼睛快噴出火燄。

那股火燄正燃燒著她僅剩的體力，她每一個字都咬在嘴裡，非常用力：「你一幹掉閻摩，該死的卡維斯就會逃跑，印度這麼大我們找不到他的……」

象山小子點點頭，無助地同意：「對啊，都靠你們了……實在是太棒了……」

到底在說什麼啊！

「為了防止卡維斯逃跑，我們先去幹掉他。」燕子恨恨不已地說：「半路上閻摩就會自動出現了。我打不過他，你去。」

「嗯，好。」阿樂完全同意。

「呵呵……啊不就好強好棒棒。」象山小子兩眼空洞地吃著洋芋片。

我真的是太吃驚了，都在說些什麼啊！你們都瘋了！

我正要拍桌示威的時候……等等！

等等啊！

從這裡衝去機場，沿途要防止卡維斯集團的槍林彈雨，本來就凶多吉少，坦白說開在高速公路上的時候看到對方拿出火箭筒也不奇怪。守在旅舍跟閻摩決戰，就算大走運，閻摩忽然心臟病發死掉，卡維斯集團也會派更多高手圍攻直到我們死光，這場困獸之鬥還是沒有止境。

但如果……

如果提前把卡維斯本人幹掉，雇主死亡，是否閻摩的聘雇合約就不成立了？

比起直衝機場或困獸之鬥，突襲卡維斯本人的確是機會最大的一個選項！

對，要正面思考，在逆境的時候更需要百分之一萬的正面思考。

我們這裡可是有兩個頂尖殺手！而且還在「無法十日」最後半小時裡衝進警政總署，在警察維安特種部隊的圍攻、以及跟其他超級殺手的箝制下，大剌剌劫走汙點證人老茶的兩大傳說！

怕什麼！運氣逼人的阿樂，加上飛刀……也還可以的燕子，怎麼不可能突襲分心大意的卡維斯！

為了避免他們想出更瘋狂的點子，我趕緊附和：「沒想到你們可以想出這條妙計！」

「加一。」象山小子依舊是神智不清地猛點頭。

還沒找你算帳，你給我等著。

我盤算著時間。

如果閻摩給的期限是從他饒過燕子的那一刻開始算起，我們大概還有十八個小時，在這之前，一定要找出卡維斯本人在哪，以及做好提前衝出旅舍的準備。

阿樂慢慢餵燕子吃一點東西，平時很難伺候的燕子，努力地咀嚼起久違的食物。

這個談情說愛的畫面實在是非常非常的……

「看過來。」我拿起手機，喀嚓。

我打開電腦，連結上CABINET網站，將剛剛拍下的殺手情侶照當作籌碼，設下限定交易籌碼的指令鎖起來，附上農場化的標題「閻摩的期限將至，阿樂正在餵燕子吃ＸＸ」，按下尋求交易的指令。

八卦就是暗黑資訊界的無雙。

才過了一分鐘，世界各地鬼子們的回應排山倒海而來，狂問到底想交換什麼。

我飛快鍵入……

「交易，卡維斯的下落。」

9

印度的黑暗面，跟它的豐饒與歡愉一樣巨大。

在人肉市場獲得的髒錢經過層層漂白後，變成了一棟棟更具洗錢價值的房地產，新德里至少有十二棟商辦大樓屬於卡維斯集團所有，第十三棟正在興建，目前只有基本的結構、工地電梯與鷹架。

最頂樓，第三十五層，據說將來會當作卡維斯家族聚會私用，並在裡面建造一座用來藏放現鈔的秘密金庫，今年已經八十五歲的卡維斯，明天中午將會親自帶他認識三十年的風水師到工地現場確認金庫方位。

那個座標，加上時間點，已經足夠我們放手一搏了。

我將兩對無線耳機上的針孔鏡頭打開，連結上電腦的遠端監看，畫質還算清晰。

又睡了一覺的燕子，燒已經完全退了，能吃能走，小便的時候尿道也不會灼痛，但身手到底恢復了多少，沒有人敢問。

「不知道我可以幫到多少，至少保持聯繫。」我再三確認兩對耳機與電腦之間的信號安全，並將信號加密，希望對方即使有高手竊頻，也得耗費許多時間。

「我得先弄到槍。」阿樂笑呵呵：「別忘了我只是從機場過來，一路都有安檢。」

「路上有人想殺我們的話，把槍搶過來就好了。」燕子綁鞋帶的速度非常慢，綁了又拆，拆了又綁，大概是用綁鞋帶的幾個動作在活絡她的手指。

「加一。」象山小子徹底扮演了失能的角色。

「加一個鬼，他們只要沒死，回來都是你的事。」我瞪著他。

出發前，燕子獨自坐在那兩個女孩屍體旁邊，將僅剩的四柄飛刀認真磨利時，一個字都沒抱怨。阿樂則全身倒立在牆角，說這樣可以加速血液循環，讓運氣確實繞行全身。

「差不多囉。」我打開門：「在我們被殺掉以前，平安回來吧。」

當阿樂與燕子用最快的車速離開旅舍時，距離卡維斯進入大樓工地的預定時間，只剩下不到一個小時。他們很快就遇到守在旅舍外負責監視的十台廂型車，一陣混亂中，對方扔出的手榴彈意外將一台變電箱炸掉後，發出很大的爆炸，附近許多窗戶玻璃都震碎了，他們掛在耳朵上的針孔鏡頭發訊也受到影響，畫面變得斷斷續續，有一段時間甚至是沒有更新的一大團馬賽克。

「他們死了嗎？」象山小子的聲音完全傻了。

「沒死，訊號一直在動。」我看著螢幕左下角不斷移動的兩個紅點。

一開始我還能竭盡所能破解沿途的監視器，勉強跟上他們的行動，到後來飛車追逐戰開始後就實在是沒辦法，只能倚賴聽到的聲音模糊地想像阿樂與燕子正在經歷的冒險——很多誇張的車輛追撞聲在電腦喇叭上掠過，然後是零星的槍聲跟爆炸聲。

看不見畫面令我非常緊張，完全不敢出聲詢問，以免讓他們分神招呼我。

等到我再度捕捉到一台街口銀行的監視器時，我看到他們已換了一台車，車上都是彈孔，沒看到追兵。看樣子他們已擺脫了天羅地網，往根本不是機場的方向衝去。卡維斯集團在通往機場的沿路設下的關卡，都將撲空。

「有受傷嗎？」我小心翼翼地問。

「我的天你什麼都沒看到？」阿樂的聲音很喘很喘：「超驚險！」

「錯過超多的！太混了吧！」燕子罵人的聲音挺有精神的。

看樣子是沒問題了。

最棘手的閻摩似乎沒有在半路殺出，他們在我看不到的時間裡搶到了兩把手槍，跟一百多發子彈，而燕子的飛刀甚至完全沒有減少。

命運中的座標大樓逐漸接近中。

雖然耳機上的針孔訊號漸漸恢復正常，但我知道等一下能幫上忙的地方不多，畢竟那一棟商辦還在興建中，插滿了鷹架，有一半以上的建築體都還只是工地，裡面的監視器數量幾乎等於零，這對情侶檔要如何突破強大的火力來到卡維斯的面前，我無法提供關鍵的協助。

只能祈禱，卡維斯集團完全沒有料到他們會直接找上門來。

廉價的祈禱發生作用，看似還沒有人追蹤到他們的最新行蹤，大概也想不到他們如此大膽吧。趕在卡維斯進入新大樓之前，阿樂跟燕子的車子已到，但樓下已有卡維斯的爪牙清場維安，他們在被注意到之前，迅速將車開進工地大樓對面的立體停車塔，一路迴旋飆車到最高層。

最高層是一片大空地，我看阿樂反覆地測量車子從頂樓的最後面開到最前端之間的距離，前進又後退，大概猜得到他打算從停車塔直接飛車到對面的工地，從中間樓層一路打到最頂層。

「最後的車速可以到多少？」我問。

「八十到八十五。」阿樂估計。

我快速計算著拋物線的距離，車子有百分之八十的機率會直接墜落地面，百分之十五的機率會插進對面第十六層與第十七層中間的牆壁，百分之五的機率可以勉強衝進第十七層，但兩個後輪都會懸空。

「我覺得不行。」我斷然潑冷水。

「但電影都可以。」阿樂繼續測試，想找出最好的加速路徑。

「不要被那些電影給影響了，那個都有後製特效，還加上剪接。」我嘆氣，稍微有一點社會常識好嗎？

「如果我在最後一刻突然跳出去減輕車重呢？」燕子問：「然後我抓住突出的鋼筋，或是直接踩鋼筋再跳進去。」

「妳不是飛簷走壁這一型的殺手，也不會突然變成那種。」我嗤之以鼻，到底有沒有帶智商出門啊：「就算妳突然跳出去，也只會變成跳樓，別忘了妳身體狀況。」

「如果我也一起跳出去呢？讓這台車子變成只是暫時帶我們飛過去的一個過程。」阿樂說著邏輯不通、文法也不成立的句子。

「不要太異想天開，就算電影也沒人這樣演。」我無法忍受這種對話了：「算了，你們不要再想跳車的部分，就專心在飛車衝過去上面，好嗎？不准跳車！」

「你覺得我先跳，還是一起跳比較好？」燕子根本沒在聽我說。

「我要負責踩油門啊，妳先跳，我慢一點點跳。」阿樂說。

「車子在半空中還需要踩油門嗎？」燕子天真地問。

「我不知道，不用嗎？」阿樂天真地答。

「反正我想要兩個人一起跳。」燕子竟然在這種時候撒嬌起來。

「好耶，那我們一起跳好了。」阿樂笑得很傻氣。

「通通都不准給我跳車！沒摔死……那些裸露的鋼筋也夠插死你們了！」我真是氣到不行：「專心飛車！飛車！」

載著卡維斯本人的車隊已經到了。

紅光滿面的卡維斯與風水師在一群保鏢的前呼後擁下，分坐四台工地電梯，直達頂樓。我估計四台電梯裡大約有三十多個人，但已經在頂樓準備好迎接集團老大的小弟則數量不明。

「注意，他們進電梯了。」我提醒。

阿樂的車子來到停車塔頂樓的最底，油門早已熱好，從後照鏡反射看到的阿樂與燕子兩人的表情，跟緊張完全無關，好像等一下是要出門買雞蛋。

卡維斯乘坐的電梯不斷往上。

對準大樓的汽車引擎聲，持續低鳴著。

「阿樂，你還記不記得我們去宜蘭玩那次。」燕子突然開口。

撤毀！竟然挑這個時候發神經！

「當然啊，我們還在車上一直唱羅百吉，Friday night is the night！OH！OH！」

「我的指甲彩繪，是什麼主題？」

「哎呀，怎麼可能還記得，反正妳很漂亮。」

「又是反正。」燕子的語氣很壓抑。

不妙，真的很不妙……

「反正後來我們還去給小魚吃腳皮，妳真善良，妳以為剛剛畫了指甲的顏料會殺死小魚，還一直哭一直哭……」阿樂呵呵呵笑：「其實妳只有碰到一點點水啦，我想那些小魚不會因為這樣就死掉，頂多只是小生病而已。妳不要太責備自己，我會心疼。」

「不是那樣。」燕子的語氣很硬。

「啊？」

「我哭才不是因為怕殺死小魚，我哭是因為我好不容易趕在約會前一天做了腳趾甲彩繪，很漂亮啊！剛剛做好才第一天，我的腳趾甲根本就是閃閃發光，我本來想拍小魚跟我腳趾甲的合照打卡，但你一說化學顏料會殺死小魚我只好馬上把腳抽出來，你真的很煩！每天都有那麼多人把腳放進去給小魚吃腳皮，他們可能有香港腳！有腳臭！你就一定要挑我毛病！來不及合照我本來就覺得很委屈了你還一直誇獎我善良，害我根本不敢跟你說我為什麼哭……我就是很膚淺啊！我就只是因為沒辦法拍小魚跟我的指甲彩繪才哭啊！怎樣！我一定要很善良你才喜歡我是不是！」

「……妳不善良嗎？」阿樂嚇了一大跳。

拜託不要這個時候給我吵架，拜託不要啊你們兩個！

「我殺人耶！我常常殺人耶！」燕子大叫。

「常常殺人也可以很善良啊，我就……我就滿善良的啊。」阿樂疑惑。

「那我當然也很善良啊！你自己才奇怪！有一次你跟我在看電影，有人一直踢你的椅子那次……」

「對對對！那次我記得啊，妳比我還生氣，真的很護著我。」

我也記得那一次！但現在可以閉嘴吧！兩位！

「我就是太護著你！但你知道我為什麼會太護著你嗎！」

「因為妳太喜歡我了？」阿樂的臉肯定紅了。

「不是！是因為你一副無要無緊的樣子，讓那種隨隨便便的路人騎到你頭上！他這樣嗆你你都不生氣！他說要打電話叫人過來圍毆你你也不生氣！你怎樣都不生氣！我當然要站出來幫你出氣啊！我怎麼可能受得了你被欺負！」

「……因為，我在跟妳約會啊。」阿樂呆呆地說：「我每分每秒都好開心，怎麼可能有時間生氣啊。」

「但你都不生氣，他就越惡形惡狀，我哪有你那麼好脾氣！而且！而且我叫你把他打電話叫來的四個朋友各折斷一隻手，再加碼把他兩隻腳都折斷，你跟我說什麼！」

「我說他們很可憐啊，就勸妳不要……」

「我也知道不要啊！我只是在講氣話！我只是在發洩！結果你竟然很認真勸我不要弄他們，說得我好像心腸很壞很小心眼很暴力很得罪不起……我哪有！我只是天大地大男朋友最大！我拚命護著你！我只是在講氣話！」

「可是我後來看妳哭，不是就真的下去把他們折來折去了嗎……」

「順序就不對了啊！你應該在第一時間聽到我叫你把他們斷手斷腳的時候，就氣呼呼地想衝下去，那我就會用力拉住你啊，我會跟你說算了啦我剛剛只是講講氣話，你聽聽就好了不要太認真，事情就結束了啊！結果第一時間你反過來認真勸我不要，搞得我騎虎難下，我怎麼會不委屈！嗚嗚嗚嗚……」燕子說著說著，再度悲從中來：「最後你真的跑下樓把他們斷手斷腳我超難過的！他們只是踢你椅子為什麼要倒楣被斷手斷腳，還因為是我的關係我真的好難過害我一直跟他們道歉……嗚嗚嗚嗚嗚嗚……」

我真是無言了。

我應該告訴他們卡維斯的電梯已經到頂樓了嗎？

「他們常常這樣嗎？」象山小子坐在我旁邊吃玉米脆片。

「我不想知道。」我嘆氣。

汽車裡的那對情侶，根本一點都不專心在眼前的生死危機上，我又何必在乎？

大家都一起去死就好了啊。

「對不起，都是我不好。」阿樂握住燕子的手。

「你們男生都這樣！每次女生一生氣！你們就馬上說什麼對不起都是你們不好！其實才怪！你們嘴巴這樣說，心裡才不是這樣想！沒有馬上原諒你們就變成我們小心眼愛生氣！你們說都是你們不好！其實你們只是不想看女生一直哭！道歉都是假的！都是假的！」燕子甩開阿樂的手，幾乎是聲嘶力竭控訴。

雖然挑錯了時機，但我忍不住伸手在螢幕上，燕子生氣的臉上按讚。

「我想起來了……」阿樂恍然大悟。

「想起來什麼啊！」

「是小美人魚。妳那天腳趾甲上畫的，是小美人魚。」

「對啦！還有我回去以後偷偷把羅百吉那首歌背起來了！你卻都沒有再放過了！我練個屁啊！」燕子在車上鬼哭神號：「我……我好可憐！」

真的好可憐。

我轉頭看著一臉疑惑的象山小子，憤怒不已：「你們男生真的，人很差！」

阿樂用力抱住燕子。

鏡頭上都是兩人瞬間升高的體溫，產生的霧氣。

「真的，真的以後不會了，我會像男子漢一樣保護我的女朋友，下次看電影誰踢我椅子，我就站起來直接往後面一拳。」阿樂大概是吻著燕子吧，畫面太近了又模糊：「而且是很用力的一拳！」

「誰要你那樣啊！」燕子又哭又叫：「我就喜歡你對每個人都客客氣氣的，我就喜歡你不會因為自己很強就亂打人，我就喜歡你連小魚都捨不得傷害，我很討厭你盤點我的缺點寫得太認真，但其實更喜歡你認真記住我很多很多連我自己都沒注意到的小習慣，我就喜歡你在明明不該一起跳車的時候，因為我說想一起跳你就連這個也隨便說好，我就喜歡這樣的你嘛！」

象山小子跟我同時嘆了一大口氣。

沒救了，你們想跳車就跳車吧，等你們死了以後我跟象山小子就被衝進房間的誰誰誰亂槍打死好了。我無所謂了，是我自己太白痴，竟然相信你們可以聯手幹掉卡維斯我真是大錯特錯！

「那等一下到底要不要跳？」阿樂被搞糊塗了。

「要！」燕子大叫。

阿樂手中的排檔桿一退，車子加速猛衝！

車子如預期飛出停車塔！

車子在半空中，劃出一條歪歪斜斜的大曲線……

燕子與阿樂同時躍出車子！

目瞪口呆，我的心臟停了。

車子以百分之十五的機率撞上第十六樓與第十七樓之間的牆壁。

兩個人以無法計算的機率抓住了裸露在大樓結構外的鋼筋，翻飛進去！

「好啊！」我振臂狂呼。

「好棒棒！」象山小子在椅子上彈跳起來。

燕子與阿樂從樓梯快速往上，還得往上爬十九層樓！

不！不是還得！是只要！

只要再往上爬十九層樓，就可以來到卡維斯面前！

車子撞擊大樓的時候發生了巨響，車體掉落地面更引起了卡維斯等人的注意，一確定有不速之客想襲擊正在與風水師開會的卡維斯，許多聚集在頂樓的保鏢開始往下面的樓層搜索，將車停在大樓樓下的其他打手也接到了最新命令，封鎖大樓進出，並派人從一樓往上找起。

上下夾攻，但那又如何呢？

「天啊天啊，真的可以成功。」我熱血沸騰：「他們的打手越多，代表阿樂可以搶到的槍跟子彈也越多，正面思考！正面思考！」

從他們耳機上鏡頭傳送來的雙即時畫面，阿樂與燕子正在第二十一層的樓梯間喘息，阿樂手持雙槍，燕子也扣著飛刀，才一下下，就已經製造出四具屍體。

「阿樂，我在印度過得好辛苦喔。」燕子拔出插在某打手太陽穴上的飛刀。

「所以我來陪妳了嘛。」阿樂笑嘻嘻，掩護著燕子。

「你在台灣都在幹嘛啊？有乖乖嗎？」燕子剛剛拔出來的飛刀又射了出去，取走一個躲在柱子後面的打手性命。

「嗯嗯嗯我超級乖，妳不是很喜歡吃咖哩飯嗎？前天我贏得了一個咖哩飯名店的吃到飽亞軍，不過沒關係，最後我還是幹掉了冠軍。」阿樂雙槍連發，從我這邊也看不清楚幾個人被撂倒：「現在我有一張一年份的免費吃到飽VIP獎狀，明天我們就一起去！」

「真的假的！你好厲害！」燕子又驚又喜。

「真的啊，妳看。」阿樂竟然將一把槍放在地上，伸手從口袋裡掏出那一張莫名其妙至極的陳美鳳與醜胖路人的合照：「就是這個，陳美鳳的簽名真跡！」

「這個胖子是誰啊？」燕子認真看了一眼，差點被流彈打死。

「就老闆啊，他也有簽，是限定聯名款。」阿樂眉飛色舞。

到底！到底一直強調聯名款是在堅持什麼？

阿樂單槍擊發，逼退了從樓梯下方跑上來的圍捕者：「不過很好笑喔，他們店裡最有名的竟然不是咖哩，是肉鬆！加肉鬆超好吃的！」

「對啊，不管是什麼東西，加肉鬆都會變得特別好吃。」燕子欣然同意。

象山小子看了我一眼，點點頭：「真的，加肉鬆超強。」

隨便。

我不想知道。

重點是，這對殺手界最強情侶檔，在卡維斯集團大樓裡不斷往上往上往上，這棟大樓因為在工程中，並沒有太多複雜的牆壁阻隔，對攻守雙方都特別危險，但這兩人默契一爆發，樓梯間的屍體越來越多。

我這次學乖了，把翻譯軟體掛在監聽到的區域通訊裡即時作用，大概知道卡維斯仗著聚集在頂樓上的打手眾多，火力強大，並不打算搭電梯往下離開，以免首領敵前遁走一事從集團內部傳出去，有失面子。但安全起見，氣急敗壞的卡維斯親自打了一通電話給閻摩，要他用最快的速度趕來大樓，把他早就該做好的事徹底了結。

以燕子與阿樂擋者披靡的氣勢，閻摩根本不可能來得及。

「非常好，維持目前的節奏。」我簡單翻譯了一下卡維斯的決策，並做出結論：「在卡維斯改變心意搭電梯逃走之前，直上頂樓。」

工地大樓的電梯還沒有網路化，我沒有目標可以駭取，反轉控制電梯，一旦卡維斯搭電梯往下，我們就註定失敗。

燕子拔下一柄插在來襲者頸椎上的飛刀，鮮血狂噴。

她忍不住抱怨：「真的很煩，在印度待太多天了，我的飛刀早就不夠用啦，每次都要這樣拔來拔去，真的很掃興。還是用槍方便多了，子彈打光直接搶一把新的就好。」

「對啊。」阿樂雙槍連發，拿著衝鋒槍胡亂掃射的一個彪形大漢像小山一樣倒下。

「那我跟你換。」燕子忽然發起脾氣：「你用刀，我用槍。」

「啊？地上槍那麼多，我們兩個人都可以用槍啊。」阿樂的頭肯定歪了一下。

對啊，到底！

「不管啦，交換。」燕子大剌剌遞出飛刀。

「好啦，那妳自己要小心喔。」阿樂把雙槍交給燕子。

我馬上在旅舍房間裡大叫了起來：「交換回去！」

沒人有空理我。

一個拿著不擅長的雙槍，一個拿著不稱手的飛刀，絕對是手忙腳亂。

兩人花在掩護對方的細膩心力，要遠遠大過於殺敵。

「你這樣丟飛刀很容易就鈍掉啦。」燕子指點起阿樂的飛刀軌跡：「不要射骨頭，要瞄準骨頭跟骨頭之間的那條縫啊！」

「那這樣呢？」阿樂用力射出飛刀，竟然也射到對方大腿骨。

「沒有更好啊……哎呀！這把槍後座力太強了，換一把！」燕子什麼東西也沒打到，就開始物色下一把槍：「阿樂！先殺這個！我想要拿他的槍！」

「好喔！」阿樂乾脆衝過去，刀不丟了，直接拿刀突刺對方要害。

局面，以這兩人絕佳的默契，展開所向無敵的氣勢。

也同樣因為兩人的怪脾氣陷入僵局。

「阿樂，這把槍長得好奇怪，設計好像有問題！」

「……我看看！呼！小心！」

「啊啊啊我會了，原來是這樣用！看我的！嘿！嘿！」

「還不錯喔，妳練習掩護我看看，從左邊喔，我數一二三，是三喔！」

「我不用練習，我職業殺手啊嘻嘻……唉呦！他剛剛好突然！」

「呼呼呼呼呼呼……好險好險，原來飛刀這麼難用，燕子，妳真厲害！」

「現在才知道！幸好有交換，哼……小心！就叫你小心了啊！」

我只聽過有人打麻將打情章，沒聽過殺人臨敵之際，還交換稱手兵器的。

阿樂跟燕子花了比剛剛還要多好幾倍的時間，終於有驚無險地打到第三十四樓。

距離頂樓三十五並不是只剩一層，而是還有一層，兩個人的呼吸已經被自己亂玩的交換遊戲搞得非常凌亂，身上沒受什麼傷簡直是太幸運。

我看不到這一層布下的火力，但肯定遠遠不是剛剛所能比擬。

燕子跟阿樂被強大又無腦的火力給壓制住，兩人之間的距離漸漸被拉開。

「還要玩下去嗎？快交換回來！」我的心臟快受不了了。

阿樂笑笑，燕子也吐吐舌頭，彷彿這些槍林彈雨在熱戀面前，只是海市蜃樓。

此時，那些強大的壓制火力忽然消失了。無影無蹤。

集團通訊裡剛剛下了最新的指令，所有集結在第三十四層把關的打手一律回到頂樓，並非回去團團保護卡維斯，而是放任此間變成兩個殺手最後的處刑場。

什麼意思？處刑場？翻譯軟體出錯了嗎？

「他們的子彈用光了嗎？」燕子亂講。

「哎呀，我才剛熱好身而已說。」阿樂得意忘形了。

此時，一台電梯從一樓直接往上。

我有不好的預感。

電梯網路還沒上線，我擷取不了那台電梯裡的監視器。

但不祥的預感往往比僥倖的念頭更容易成真，我果斷下指示：「不要等電梯門打開，直接從外面把它打爛！阿樂！搶一把衝鋒槍！」

「哪一台電梯！」阿樂意識到不妙。

「西側那台，快！沒時間了！」我甚至無法確認電梯往上的速度。

「是閻摩嗎！」阿樂一怔。

「不想燕子死掉，就直接從電梯外面轟掉他！」我扯開喉嚨。

感受到了我真心的恐懼，阿樂秒將飛刀插回腰際，抄起一具屍體旁邊的衝鋒槍，迅速蹲架，對準即將打開門的電梯扣下扳機。

子彈像橫向瀑布一樣噴出，將西側電梯的門板射出一百多個冒煙洞洞。

登……

幾乎爛掉的電梯門打開。

空無一人。

燕子耳機上的視角，卻慢慢地移向西側電梯旁，步行樓梯下方。

「來了。」燕子咬牙。

閻摩早已站在牆後的陰影處。

電梯肯定在上來之前就中途停下來一次，讓死神閻摩拾階而上。

這個刁鑽的牆後角度，直來直往的子彈難以招呼，那是飛刀曲線對決的領域。

但燕子的手上，沒有刀。

刀在阿樂的手裡，飛不起來，還不如勇往直前地刺砍揮劈架戳鑽。

如果阿樂有雙槍，燕子有飛刀，毫秒之間的勝負還有一絲懸念。

但。

最強敵當前，阿樂跟燕子卻用最惡劣的狀態進入了死神設下的界線。

整個第三十四層樓靜如鬼城。

二十幾公里之外的小小旅舍裡，象山小子跟我都屏住了氣息，不敢出聲。

「他欺負妳，我去把他幹掉。」阿樂的聲音，像是從牙縫裡硬擠出來。

「……還是……還是不要好了。」燕子的聲音劇烈顫抖。

閻摩聽不懂中文。

但死神深刻了解恐懼的聲音。

牆後的陰影微微晃動。

阿樂一踏步，沒有往樓梯開衝，而是往燕子的方向飛奔。

嗡……

同一時刻，一把刀非常緩慢地從樓梯牆後飛出，在半空中笨重滑行。

我想，燕子跟飛奔中的阿樂，都將那柄慢到不行的飛刀看得非常仔細。

嗡——颯！

緩慢的飛刀在半空中變成了兩把，原來剛剛那兩把刀是極其緊密地貼合滑行，但飛到一半，其中一把刀彷彿被無形的力量重新彈出，以誰都無法察覺的速度旋彈而出。

啪！

即時擋在燕子前方的阿樂，直接用身體最大面積的右背迎接閃光一樣的快刀。

快刀深深摜入他的右肩時，他的眼睛鎖定那把緩慢飛行的刀，伸手一抓。

唰——

阿樂竟然徒手抓住了那把刀，但馬上就不對勁！

那把慢刀質量異常沉重，即使阿樂已經牢牢握住，卻差一點將他的身體給拉偏，阿樂即時在原地迴了半身，身體才勉強跟那慢刀一起停住。

阿樂直挺挺站在燕子前面。

「拿好了。」

阿樂將摜入右肩的那把刀拔起，跟驚險抓到的那把刀往後一起交給燕子。

燕子珍惜地握緊，她的男人用肉體與運氣一起硬奪過來的雙刀。

阿樂沒有餘裕多說話，他的眼睛盯著牆後的陰影。

燕子也沒有拒絕男友犧牲自己的好意，她知道，唯一不辜負男友的做法，就是看清楚閻摩的飛刀技藝，跟準備好自己唯一能夠出手的時機。

牆後的陰影晃動。

兩道風格迥異的刀光迴旋射出。

這次不是一快一慢，而是不斷在飛行路線交叉迴旋的兩道霧光。

明明就是兩把，交叉飛行製造出的殘影卻像是六到……八柄飛刀？

依舊站在燕子前面的阿樂知道自己絕對捕捉不了殘影中的真假，乾脆左手掌迅速擋在脖子前，右手掌架在左胸口，兩隻手都護住了只要受傷就一定會瞬間暴斃的要害。

啪。

啪。

兩把飛刀最後攢入阿樂的左大腿內側與右後斜方肌，跟他預測的差得太遠，都是跟取人性命無關的位置。看樣子，在燕子準備好用飛刀決鬥前，閻摩打算用慢慢凌遲阿樂的方式，分批送刀給她，也想讓燕子看清楚他除了慢刀快刀之外，還有哪些不同的絕招清單——

阿樂好像也明白了這點。

閻摩精心布置最後與燕子公平對決的心態，是他還沒有被射死的唯一理由。

燕子自行從阿樂身上拔出了血淋淋的雙刀，定了定神，再從阿樂的腰際拿回了本來的四把。現在，燕子身上能使的飛刀，一共八柄。

阿樂慢慢搖頭。

是，這只不過是最低程度的剛剛好。

燕子曾經在一個必須在極短時間內一口氣解決十多人的任務裡，跟我閒聊過，每一個飛刀手都會練習同一個大招。這個極致大招，每一家的竅門雖不一樣，可以說是天女散花、百鳳朝凰，或者群龍亂舞，原理都是一口氣將身上所有的飛刀朝四面八方射出，無差別放倒周圍一切呼吸的華麗招式。

而這一招，少則八柄——每一個指縫都扣住一把飛刀。

多則身體左右迴旋，借勢連發，每個指縫都扣上兩柄，計十六柄。

阿樂點點頭，示意自己休息夠了，來吧。

於是牆後的陰影再度晃動，雙簧飛刀再度詭異飛出。

這次是直來直往的，兩道剛硬的絕對直線。

啪。

啪。

阿樂的雙手依舊緊密護住兩大要害，任憑刀子攢入他的兩隻大腿。

阿樂幾乎連動都沒有動。

燕子拔出，阿樂也只是稍微點頭。

十柄了。

距離大招連發兩次的十六柄，阿樂還得肉身奪刀三次，即便每一刀故意避開要害，光是失血還是足以癱瘓阿樂。

等等，我忽然意識到，這一切其實沒道理啊。

在燕子還在旅舍昏睡的時候，我向阿樂描述過閻摩輕鬆接住燕子飛刀的詳細過程，如果閻摩可以接住燕子全神貫注射出的飛刀，又怎麼會接不住或避不開燕子亂槍打鳥的大招二連發呢？

阿樂一定也明白這點，為什麼還繼續堅持肉身奪刀？

即使阿樂沒想到，燕子的心裡也應該很雪亮才對，到底……

還是？

還是燕子的最後大招，不是四面八方，而是將十六柄飛刀同時射向閻摩？

啪。

啪。

雙刀在半空中至少變速了四次，最後才以刁鑽的角度插入阿樂的身體。

阿樂又悶不吭聲地捱住了兩刀。

燕子沒有阻止，咬著牙將刀拔出。

啪。

啪。

這次阿樂的身體搖晃了兩下，膝蓋彎曲。

燕子迅速拔出，扣在指縫。

啪。

啪。

這次阿樂一動也不動，自己悍然拔出兩把紅刀，交給在後面的燕子。

十六柄，齊了。

樓梯牆後的影子也不再晃動，醞釀著對決燕子的絕招。

燕子的每一個指縫都扣了兩柄飛刀。她的呼吸從剛剛開始就非常平穩，從我這邊看起來，她的視線也非常平衡，沒有被剛剛男友不斷挨刀的壯烈過程給影響。

看樣子，燕子也已經準備完畢。

不管我怎麼亂猜，絕招的謎底終於要揭曉。

「我的運氣未免也太好了。」

阿樂的語氣非常輕鬆，但從我透過燕子的視角，無法看見他的表情。

「不需召喚，我的勝利女神直接就在正後面。」

阿樂彎腰低身，雙手十指撐地，單膝蹲下，呈現百米衝刺的準備動作。

鮮血早已濺了滿地。

「跳樓我宇宙第一強，打老人我新技能……這裡三十四樓，你又他媽超老。」

阿樂笑嘻嘻地說：「女朋友……樓上就交給妳囉。」

地上鮮血破散。

阿樂衝出，燕子跟上。

我看不清楚閻摩的飛刀一口氣又射了幾把，只能透過阿樂超搖晃的主觀視角感覺到，他正用他的身體擋住每一把，氣勢驚人衝到牆後，往老謀深算的閻摩撞去！

針孔攝影機裡出現閻摩的表情特寫，他瞪大眼睛，大吃一驚。

擒抱？投摔？還是單純的撞擊？

畫面顛倒錯亂！兩個人一起往根本還沒建好的、鋼筋到處裸露的樓梯井下墜落！

我趕緊看向燕子的視角。

燕子沒花一秒尖叫痛哭。

一開始就跟在阿樂後面疾奔的她，一把刀都沒朝閻摩射出。

當兩人一起墜樓的同一時間，燕子在轉角一折，直接往樓上衝去——

頂樓，夕陽火紅。

志得意滿的卡維斯，與十幾個火力兇猛的打手，站在未來的金庫方位。

不約而同回頭。

燕子孤身衝入，十幾雙難以置信的眼神，與錯愕倉皇的槍火陣中。

十六飛刀，大招盛開。

10

我喜歡吃紅蘿蔔，跟我爸不一樣。

但我老爸現在變成了一大片紅蘿蔔，倒是挺幽默的。

我蹲在地上，拔起一根紅蘿蔔，用帶來的礦泉水沖了沖泥土，用力咬了一大口。

很好吃。

真不愧是老爸。

一邊吃著紅蘿蔔，我複習起手機裡的對話訊息。

「臭女兒，其實是這樣的，在去年過農曆年除夕的時候，嘿嘿，就是我跟妳說我忙著挑妳的十大美照給那個象山小子鑑定，後來我很久都沒回妳話，妳好生氣，一定記得吧？隔了很久我才又跟妳說，過年還是會有一些無家可歸的老殘窮妓女啊，老爸我得去跟她們互相取暖嘛，妳還虧了我一頓。真正沒回妳訊息的原因，妳一定不會相信，但妳一定要相信，那就是——老爸在那個時候就死翹翹啦！死法妳就不要想太多了，我常常說，人總是會死，重點不是怎麼死的，要緊的是死掉以後就會回歸大自然，變成地球五元素，金木水火土，這些都是很自然的，不必害怕。老爸活著的時候沒辦法跟妳多相處，所以決定死掉以後將金木水火土集中變成妳最喜歡吃的紅蘿蔔，就是妳現在看到的這樣。如何？好吃吧？至於象山小子，妳千萬要記得好好謝謝他，他啊，也吃了老爸變成的紅蘿蔔，所以老爸常常上他的身，借他的手指發訊息給妳，跟妳聊天，他常常被鬼上身也很辛苦的，妳要跟他好好相處，講話要客氣，房子也不可以亂漲他的租。喔對了，差點忘了說，我變成紅蘿蔔之前有飄去美國找妳，結果沒找到，問了其他的鬼才知道妳跑去當了殺手的好幫手鬼子，當鬼子很好啊，老爸覺得超棒！比念什麼大學念什麼雙學位都還要了不起！負責！就這樣啦！還有什麼想說的就發訊息給老爸，再見！」

唉，這種啼笑皆非的鬼東西都寫得出來，我也只好假裝讀得進去。

讀著讀著，眼淚卻不爭氣地流下。

「象山小子不知道怎麼跟妳說，只好拜託我。」

專程開車送我來象山的曉茹姊，屁股坐在還熱熱的引擎蓋上，吃著刻意繞去買的薯條：

「妳可以怪他用妳爸的手機跟妳繼續聊天，但其實，他只是錯過了跟妳說實話的機會，後來只好將錯就錯下去。」

我懂。我當然明白。

每個人都有想說實話的時候。

只是，不見得每個人，都能等到適當的時機。跟勇氣。

「我還得謝謝他不是嗎？要不是他，我爸早就死了好幾次。」

「是不必，他每次都收了報酬。」

「了解。」

只是，真可惜。

真的，我說老爸啊，我們之間真的好可惜啊。

像你這麼散漫、虛榮心又重的中年凸肚子大叔，沒想到是個殺手。

而我，這個一路辜負你期待的女兒，是個鬼子。

殺手殺人，鬼子理當幫助殺手完成各種任務，但我們卻一次也沒有搭檔過。

如果有那麼一個曾經，你鬼鬼祟祟戴著耳機走進一條暗巷，我看著電腦畫面，跟你說前面哪裡有危險，哪邊的監視器被我破解了，哪邊有警察巡邏，哪一條路比較好逃走，你還剩下多少時間……我們一起排除萬難完成任務，一起讀你贏得的傳說小說蟬堡，那會是什麼樣的父女滋味啊？

我知道，沒有如果，沒有曾經，所以也不會有那種緣分。

一切都是我自作多情的想像。

如果我多一點對自己的信心，認為當鬼子很適合我，也對你有多一點信心，認為你無論如何都會以我為榮，那就好了，那樣我就不必對你說謊，不必假裝我必須成為另一個誰，你才會為我用力鼓掌。

說起來，臭老爸，下次有機會你也得對當女兒的我有更多信心才行，你不夠懂我，其實我心態很好的，我一定會認為，老爸你只要開心地做你想做的事，不管是開宣傳車、開計程車、開公車，還是當房東當殺手，我都以這樣的老爸為榮。

就像現在一樣。

「還有什麼要問的嗎？」曉茹姊將一根薯條埋進土裡。

看樣子，老爸人緣不錯嘛。

「對了。我老爸他，是什麼樣的殺手啊？」

曉茹姊想了想，慢慢說道：「妳爸爸很勇敢，也很厲害，嗯，堪稱是一個傳奇殺手。只是最後不免遇到難纏的敵手，妳知道的，精采的龍爭虎鬥。」

我笑了。

噢不，我爸才不是。

他一定是剛剛好把人殺死就可以了的散漫殺手，最後的敵手也一定不怎麼樣。

「打算怎麼處理妳爸的房子？」

「……我爸不是說了嗎，暫時就繼續租給象山小子吧。我爸買之前那裡就是凶宅，死過兩個人，我爸當房東以後又莫名其妙死掉一個老阿姨，現在加上我爸，那個凶宅總共死過四個人，恐怖死了，也只有象山小子敢租。而且，現在不是有一個房間已經被你們大費周章改裝成手術房了嗎？」

「是，妳爸就是在那個浴缸裡……嗯嗯……」

「就暫時維持現在的樣子吧。萬一我老闆們受傷了，我也可以推薦他們去那裡。」

「成交，讓妳抽成。」

走之前，我忽然意識到，我爸最後的租客叫象山小子，結果他死掉葬在象山，也算很巧。我眺望著遠方的一〇一大樓，風水挺好，今年跨年就來這裡陪老爸看煙火吧。

「對了，阿樂請妳務必幫他查一件事。」曉茹姊忽然想起。

「跳樓以後，閻摩為什麼沒殺他就走了嗎？」我早就知道他一定會問。

「是，報酬就請妳開價。」

「報酬就還我，我從妳這邊下訂單買他去印度殺閻摩的前金吧。」我笑笑：「反正他也沒達成任務，前金我付得一點也不甘心。」

早在一個禮拜前，我就偷偷用了燕子在旅舍床上悉心照顧差點摔死的阿樂那張噁心閃照，在CABINET網站交換到了閻摩的底細。

閻摩在很久以前，是一個叫維加的年輕人，在南印度的小小村落裡務農。

某日，維加最小的妹妹遭村子裡惡名昭彰的惡棍姦汙，惡棍沒被懲罰，妹妹卻因為家族榮譽，被迫嫁給姦汙她的惡棍。妹妹日夜哭泣，想投河尋死，卻被家人及時阻止。維加改變不了家族的決定，只好在妹妹被迫成親的前一天，獨自去找當時還只是一個小小地方幫派老大的卡維斯求助。

條件是，把命賣給卡維斯，從此成為他的專屬殺手。

當時正在招兵買馬的卡維斯，索性帶著他那一票亡命之徒，直接闖進村裡，將姦汙維加妹妹的惡棍跟他的黨羽都給殺了，幾具屍體就大剌剌扔在村子唯一的神廟前。雖然幫妹妹報了仇，但家族對維加的做法深以為恥，最後終於在村人的壓力下將他永遠逐出宗族。

維加從此跟隨卡維斯闖蕩江湖，並立下殺手制約——除非他的身上出現一百條即使全力戰鬥也避免不了的傷痕，否則他永遠都是死神忠實的僕役，殺手。

卡維斯的爪牙裡原本就有一個擅長飛刀的能手，維加先是拜他為師，兩年後，他對飛刀的掌控能力便遠遠超過他的師父，隨著幫卡維斯斬除異己的實戰越來越多，維加也用敵人的鮮血寫下了許多傳說，有的傳說是真，有的傳說是假，死人不會說話，通通一併算在了維加的紀錄裡。

直至三十歲，維加細數身上耀眼的戰痕，足足六十四條，卡維斯不再稱他維加，給了他新的名字「閻摩」，震懾江湖。

過了四十歲，閻摩身上罕有新的傷痕，而他的笑容也跟他的話一樣，越來越少。

五十歲以後，傷痕便遲遲不再增加，一直停在八十九條。

閻摩到了今年，已是高齡七十二，身上有三個癌症，都沒能摧毀他的身手，卻預告了他的死亡將至。

閻摩希望在死之前，可以回到他的宗族，被認可，被原諒，並與他長年思念的小妹妹相聚。但抱著惴惴不安的心回到全然陌生的村子時，宗族會議唯一的慈悲許可，就是他必須斬下沾滿血腥的雙手，將其埋葬在神廟龕下贖罪。

斬下罪孽雙手對閻摩來說並不是問題，反而是一種解脫的恩澤，但誓言就是誓言，他入行之初答應死神的制約必須完成，他才能夠卸下殺手的天職，否則他還是得以殺手的身分在人世間死去。

癌細胞一天天侵蝕閻摩的五臟六腑，但強敵同樣一個個在他面前倒下。

直到燕子出現。

閻摩徒手接過燕子的雙飛刀，雖然不是他的對手，但雙飛燕之技點燃了閻摩心頭上的一道希望之光，他暗自祈禱，如果燕子體力百分之百恢復，加上他的病情突然惡化，或許有那麼一點點機會，令燕子創意十足的飛刀在他身上留下十一道傷口。

於是，閻摩以公平榮譽為名施壓集團，給了燕子四天恢復身手，再向他挑戰。

燕子還是做不到。

但史上最會跳樓的殺手阿樂很盧小地暴衝過去，無腦地將閻摩撞飛，直墜，一路往下都是凸起的危險鋼筋，在半空中胡亂扭打的兩個人被十幾層裸露的鋼筋刺傷、刮傷、割傷、撞傷，最後重重摔落在第二十七層樓的結構牆上才幸運停住。

即使跳樓跳習慣了，在下墜之前就已身中數刀的阿樂，也無法自己爬起來。

閻摩好不容易站起來時，第一件事，就是細數身上的新傷口——據說，據說剛剛好十一條，不多也不少，且每一條都是無可爭議的怵目驚心，其中有兩條鋼筋不偏不倚穿透了他的雙手手腕，幾乎將他齊腕斬除。

自認從這一刻開始就不再是殺手的閻摩……喔不，是維加，感到非常滿意，他看著幾乎齊腕斷裂、搖搖晃晃的雙手良久，似乎特別感恩神的原諒。他隆重地向無法動彈的阿樂深深鞠了個躬後，這才頭也不回地離去。

至於維加回到宗族之後的事，我就打聽不到了。

我祈禱。

祈禱那個表面上用疤痕記錄輝煌戰勳，實則用身體尋求天罰制裁的老人，能夠得償所願，將他的罪孽葬在最愛的家鄉，死有所終。

「就這麼告訴阿樂吧，這個世界上再也沒有閻摩這個殺手了。」我站起來前，使勁多拔了好幾條連根帶土的紅蘿蔔放進背包裡：「希望他快點好起來，最近天氣很好，多出門約會。」

「找機會合作吧，阿樂有時候也需要一個好嚮導。」曉茹姊發動車子。

「……我的心臟沒那麼大。」

離去前，我在這片紅蘿蔔園上打了卡。

背包裡的蘿蔔要是吃完了，我下次自己一個人來也能找到這裡。

再見了臭老爸。

正式跟你報告，我要去當那一個，我很喜歡的自己了。

〔幕後訪談〕口是心非的人生觀

問：九把刀好久不見！

答：也沒那麼久，狗仔經常偷拍我各種呵呵，應該是沒有那麼不常。

問：最近有持續好好反省嗎！

答：有啦有啦！每天都用晚睡晚起懲罰我自己！

問：相當殘酷的懲罰！拜託請務必放過刀大你自己！

答：好，那就從明天開始早睡早起。

問：好的！那我們訪談正式開始……這本殺手跟之前也隔太久了吧？

答：是喔。大概就是被一些同樣需要時間跟努力的事情打斷，才會寫得那麼久。幸好這次的殺手是用四個不同的角色第一人稱下去寫四個章節，所以暫時離開，跑去寫別的東西再回來也可以隨時進入故事。反正我就天才。

問：之前連續幾本殺手都有出現過的「死神泰莉颱風」、「觸發無法十日的三溫暖大戰」

或「無法十日最後一刻的警政總署混戰」，這次為什麼都沒有出現？

答：不一定要出現啊。

問：好吧，據說這本殺手的書名有變動過，之前在臉書的時候叫「殺手，口是心非的曾經」，滿好的啊，為什麼後來又改名呢？

答：其實前後新舊兩個書名都跟這本書的主題有關啦。

這次新書的四個章節，裡面的主要角色都在扮演另一個自己，一直跟自己內心不一致的狀態拉鋸，甚至進行著雙重身分的人生。比如說象山小子李易謙，他表面上不在乎父母的期待，過著自以為廢廢的高中生生涯也不以為意，還一直虧自己的媽媽很醜，但其實他很想讓辛苦工作的爸媽高興，只是從自己在傳統考試競爭的世界裡找不到一絲可能性（他是不笨，但可不是那種物理化學隨便念一念就一百分的那種聰明），只能不斷借用父母的期待笑笑地反諷自己。

後來象山小子適應人生突發的意外，變成殺手專屬的醫生，其實跟順應父母的期待無關，而是他自己的天性，動手術的確是他的古怪興趣。總之，象山小子不斷瞞騙父母他正在做的事，直到故事最後還是繼續隱瞞，其實跟第四章節裡的那個那個……

問：鬼子嗎？

答：對，我好像沒寫鬼子的名字，只說她是房東的女兒？算了。

鬼子也是為了讓跑了媽媽的爸爸高興，扮演著留學美國修雙學位的資優生，但其實……呵呵呵呵她比她扮演的角色更出色，變成她爸爸的同行。

鬼子是一個非常叛逆的年輕女孩，但她身體裡有某一個小小的靈魂活在世俗的認知下，直到爸爸死亡後才真正解脫出來。我滿懷疑如果她爸爸沒有死，鬼子真的有勇氣跟爸爸說出一切嗎？我也不知道，但故事走到哪裡，鬼子的人生也走到了一個無法經歷更多「如果」的階段。

問：那燕子跟阿樂呢？他們看起來不像是扮演別人的人生啊？

答：嗯啊，大部分的時間這對情侶是挺忠實地活出自己，想幹嘛就幹嘛，但是燕子在談戀愛的時候，她跟所有的女孩一樣，希望自己在男友的眼中可以很可愛很完美，所以她大聲在車子裡唱羅百吉，儘管她沒那麼喜歡。指甲彩繪沒被男友注意到也默默地吞忍下來假裝原諒，但心裡其實介意得要死。小魚吃腳皮就更不用說了，從頭到尾都超級委屈。不管燕子平常怎麼裝，骨子裡都很任性，可以想像她之前交往的對象最後都受不了她的怪脾氣而分手，或是，燕子因為壓抑不了一直裝可愛無法做自己的痛苦，最後內心小宇宙爆炸而自己提出分手。

我在想啊，我真的是猜喔，像燕子這樣彆扭的女生，如果有一天遇上一個男生，他完全了解她、知道她的所有底線、約會一見面就發現她做了指甲彩繪、一去小魚吃腳皮的店馬上進入幫她跟小魚合照一百張打卡的殷勤模式，燕子恐怕也會因為太無聊了、無法默默生氣、無法透過哭哭啼啼爭吵而更喜歡對方……

燕子啊，或許是一個很需要戲劇模式才可以戀愛爆發的女生喔！雖然很可愛但真的很難搞！

問：燕子的那一章特別短，是因為？

答：故事跟懶叫不一樣，該短就短，說到恰恰好適合轉場，發揮功能即可。話說燕子連救個雛妓都不想承認自己其實很溫暖很慈悲，裝作只是剛剛好迷路只好見誰殺誰的那一段，我很喜歡自己描述的方式，就輕描淡寫帶過一種槍林彈雨火來水去的……母雞帶小雞。

燕子雖然任性，但也將她的任性用在最溫暖的慈悲上，雖然她一定不會承認。從此以後燕子應該就是我最喜歡的，女生角色。

問：燕子的確超彆扭，但阿樂呢？阿樂感覺從頭到尾都很做自己啊？

答：哪有，他在毆打老人時也沒有盡情在做自己啊。

問：怎麼說？

答：幹你是看不懂喔！他雖然打得很盡興，但他非常迴避自己內心深處不想打死老人的心，動不動就忍讓老人，放任老人囂張，日子一天天過去，他卻不知道怎麼向自己施壓，只能一天天搪塞過去。到了最後，他裝出惡狠狠的樣子一拳幹掉老人，還刻意大叫，其實他超級不忍心一心死於武道的老人，在人生最後一刻卻因為平凡的心臟病發而死。他越冷漠，其實就越溫暖。

阿樂可以說是，老人無聊至極的人生末路裡，最後餘暉的陪伴者。

問：這麼說起來，的確四個章節四個角色都挺彆扭的，你自己也是這種類型的嗎？

答：多多少少吧，我想，每個人也都有很彆扭很壓抑的時候，或者說不做自己其實是一種人生常態。依照別人的期待過日子，按部就班完成長輩的角色養成遊戲，跟從社會大多數人的喜好做生涯規劃，大部分的人都是吧。

但我太難不做自己了，所以就變成常常需要用晚睡晚起懲罰自己的狀態。

問：千萬不要再對自己這麼殘酷了！再說刀大！如果一定要懲罰自己的話，請用十倍速寫小說的處刑！

答：……喔好。

問：是說阿樂打老人的章節有提到尿療法，你自己喝過尿嗎？

答：喝過自己的啊。

問：是為了故事取材嗎？

答：對啊我就這麼偉大。

問：好喝嗎？

答：就尿。

問：有傳說中的療效嗎？

答：沒繼續喝不知道。

問：為什麼不繼續喝？

答：不想喝尿了。

問：不好喝嗎？

答：就尿。

問：有句話說良藥苦口，不繼續喝嗎？

答：有病就吃藥，想尿就去尿。

問：好吧，那到底是誰買凶要殺柔道老妖怪啊？

答：不需要特別說，至少現在不需要講。

但絕對不是老妖怪自己買凶殺死自己，想這麼猜的讀者可以停了，都是白痴。

想想嘛，動動腦嘛，感受一下嘛，故事裡出現的線索跟這樣的猜測不一致啊！老妖怪第一次在院子裡倒尿時，忽然看到阿樂說要打死他，老妖怪是真的很驚訝，所以接下來連續好幾天的死鬥，才會讓老妖怪如此投入，如此樂在其中……但老妖怪也沒有承認過自己打得很爽啦，誰叫他也是一個彆扭至極的老機掰。

問：好像是喔，那個老妖怪纏著阿樂比那個咖哩飯大胃王，是不是就是他很寂寞才這樣黏人？

答：對啊，我很喜歡寫比賽吃咖哩飯那段。

問：那段根本就是在寫「哈棒傳奇」吧！尤其那個老闆肚蟲，你好像很愛寫他。

答：對啊，肚蟲第一次出現是在哈棒傳奇，第二次出現在愛情兩好三壞，第三次出現就是在殺手系列的「末路花開的美夢」。對了，上一本「勢如破竹的勇氣」也有出現過幻之絕技日本料理店。

以後我還是會常常寫到啦，畢竟肚蟲的興趣就是到處開店，而我的興趣就是寫肚蟲。

問：陳美鳳知道你一直在寫她跟噁爛的肚蟲握手嗎？

答：不知道吧哈哈哈哈哈，我愛陳美鳳啦，美鳳有約棒棒！

問：你很愛吃肉鬆嗎？

答：對啊，大家都愛吧。

問：ㄜ……我還好。

答：干我屁事。

問：說到故事混著用，那個在房東凶宅裡被溶解在浴缸裡的老阿姨，是不是……

答：對啦對啦，就是「上課不要XXX系列」的最大謎團，王大明爸爸被溶解之謎的連環篇。真相還沒大白啊！我想到就寫一下，呵呵。

問：說到真相尚未大白這一點，上次那一本《殺手，勢如破竹的勇氣》裡面有提到的那個，大懶叫每個週末都會去一個地方汲取內力，再去肅德監獄，趁會客的時候把內力轉傳給益哥，那個神祕的地方是哪裡？固定傳給大懶叫一大堆內力的人又是誰啊？

答：那個以後再慢慢寫，呵呵。

問：又是呵呵？好吧，越說越遠，我們回到主題。聽你解釋了一大堆，是啊，「口是心非的曾經」是滿符合這次的主題啊，那出版前又為什麼換書名？

答：幹就越聽越文青，覺得煩，好像寫了一個淡淡哀愁的故事，最後就是驀然回首那人就在燈火闌珊處吃一蘭拉麵的意境，但明明就不是好嗎，這次故事很熱鬧啊，大家雖然都口是心非地扮演別人的人生，但也各自充滿嘲諷自己的幽默感，最後還打來打去，有點緊張，有點歡樂，有點諷刺有點酸性，所以就換成比較熱血的書名「流錟繽紛的奇蹟」啦。

畢竟最後就是一種火錟噴發式的奇蹟結局吧！

問：喔耶！

答：喔耶三小啦！

問：這次的故事寫到哪個橋段時，自己最興奮啊？

答：我很喜歡寫阿樂跟燕子從自己的角度回憶彼此的相處，在阿樂的記憶裡，關於兩人的一切都是美好快樂的，燕子記憶裡的兩人相處就充滿了許多內心小劇場了。內心記憶的矛盾正是這對情侶可愛之處。

戀愛哪有不衝突的呢，對吧？打打鬧鬧很有趣啊。

問：阿樂是不是特別白痴才有辦法跟燕子在一起？

答：看起來是，但真的是嗎？喔喔喔喔不，阿樂不是因為他少一根筋才能忍受燕子的任性，阿樂是……太太太太太喜歡燕子了，所以對他來說一直都沒有「忍受」這種常人情緒，反而是每分每秒都太過開心了，甚至談不上包容，而是喜愛著關於燕子的一切。被電慘慘啊！

問：那就是有病的意思吧？

答：真是一針見血。話說談戀愛沒談出病，算是沒有熱戀。

問：你以前好像沒有直接寫過殺手的角色後續故事，頂多就是讓以前出現過的角色出來串場一下下，這次故事為什麼出現大量的阿樂、燕子跟曉茹姊？

答：就想他們。

問：那為什麼不寫鐵塊的後續？

答：他死了。

問：是因為你不夠想鐵塊嗎？

答：他就死了啊。

問：未來有沒有機會再寫鐵塊跟小恩的後續？

答：要寫其他殺手蒐集七龍珠讓鐵塊跟小恩復活那種故事嗎？

問：那還是不要好了！

答：下一題。

問：閻摩那個後續背景小故事有一點哀傷啊。

答：閻摩算是人不壞，只是為了家人，得押著自己一直做壞事。

問：傳說中閻摩很殘酷很壞連孕婦小孩都不放過，是真的嗎？

答：你看像嗎？這個世界上多的是道聽塗說，少的是真實與深刻的了解。現在網路上的假新聞橫行竄流，最關鍵的原因，是人心對於「惡的嚮往」。我們在網路新聞裡看到一件好事，心中往往生出的第一個念頭，是質疑。質疑這個人捐錢給某某慈善團體一定不是因為他關心社會，而是因為捐錢有節稅功能吧，質疑這個人在地下道發便當給流浪漢吃，是因為他知道附近有人正在用手機拍下他的善行吧。但是看到壞新聞時往往篤信不疑，看到一個人被描述做了壞事，就認為那個人當然就是做了壞事，畢竟人類就是那麼壞沒錯。所以假新聞裡面幾乎都包裹著「壞人壞事壞政府」，充滿了很多看似好心的假提醒，說三小認同請分享，實際上都是在召喚群眾的憤怒。

問：怎麼聽起來有點不爽。

答：大家都應該要不爽才正常，但人非得要碰上自己被曲解的時候，才能夠稍微了解別人被抹黑的滋味。嗯，也只是稍微而已。

問：對了對了，你每次寫小說之前，都會在臉書上跟讀者借名字寫角色，這次象山小子叫李易謙，坐在他前面的同學陳衍銘也像是真名？

答：是，我在徵名的時候蒐集了很多名字，李易謙是他的一群朋友幫他報名的，說他是我的忠實讀者，但已經過世了，希望我可以在小說裡找個位置讓他活動活動，讓他高興一下。我覺得他們的願力滿好的啦，希望他們燒書給李易謙看一下他現在的新綽號叫象山小子。至於陳衍銘，他沒死啦，但忘了為什麼用了呵呵，大概也是一個熱心的讀者吧（謎）。什麼東西都可以提供的陳衍銘，以後也許還會繼續寫到吧。我猜的啦。

問：最後想代表所有的讀者關心一下你創作之外的生活，一切都好嗎？

答：一樣啊，人生就是不停的戰鬥，每天都要過得很色，不是盡力是一定要做到。

問：真的假的！還是很堅持每天都要過得……很……很……

答：畢竟地球上最強的生物範馬勇次郎說過：「只吃對健康好的東西，也不能說是健全。毒也要吃，營養也要吃，都要去感覺雙方的美味，能有改變血肉的度量才是吃的重點。」你打得過範馬勇次郎嗎？打不過嘛！打不過，那人家講的話要不要聽？要！所以吃屎喝尿也是人生的必須，只吃生機菠菜跟水煮蛋是無法成為一個強者的，懂了嗎？

問：好像有一點懂！

答：懂了就快去吃屎喝尿吧！我們下一本殺手見喔喔喔喔喔喔喔！

kill 10 er

殺手

流餤繽紛的**奇蹟**

國家圖書館出版品預行編目資料
殺手, 流餤繽紛的奇蹟 / 九把刀著. -- 初版. --
臺北市 : 春天出版國際, 2019.03
面 ;　公分. -- (九把刀電影院 ; 21)
ISBN 978-957-741-192-1(平裝)

857.7　　108000787

九把刀電影院 21
殺手，流餤繽紛的奇蹟

作　　者 ◎ 九把刀
作家經紀／活動洽詢 ◎ 群星瑞智藝能有限公司（02-55565818）
總編輯 ◎ 莊宜勳
主編 ◎ 鍾靈
封面設計 ◎ 克里斯

發 行 人 ◎ 蘇彥誠
出 版 者 ◎ 春天出版國際文化有限公司
地　　址 ◎ 台北市信義路四段458號3樓
電　　話 ◎ 02-7718-0898
傳　　真 ◎ 02-7718-2388
E－mail ◎ frank.spring@msa.hinet.net
網　　址 ◎ http://www.bookspring.com.tw
部 落 格 ◎ http://blog.pixnet.net/bookspring
郵政帳號 ◎ 19705538
戶　　名 ◎ 春天出版國際文化有限公司
法律顧問 ◎ 蕭顯忠律師事務所
出版日期 ◎ 二〇一九年三月初版

定　　價 ◎ 320元
總 經 銷 ◎ 楨德圖書事業有限公司
地　　址 ◎ 新北市新店區寶興路45巷6弄6號5樓
電　　話 ◎ 02-8919-3186
傳　　真 ◎ 02-8914-5524

ISBN 978-957-741-192-1
Printed in Taiwan